寺山修司 母の歌、斧の歌、そして父の歌

鑑賞の試み

伊藤裕作◉編著

◉青池憲司
◉流山児祥
◉大橋信雅
◉藤原龍一郎
◉大幡和平

人間★社

寺山修司
母の歌、
斧の歌、
そして父の歌
鑑賞の試み

◉伊藤裕作と
その仲間たち
による合作
◉青池憲司
◉流山児祥
◉大橋信雅
◉藤原龍一郎
◉大幡和平

◉寺山修司没後40年に捧ぐ◉◉◉◉◉

人間社

もくじ

序にかえて◉青池憲司

寺山修司の母斧父の短歌15首をモンタージュする　5

◉伊藤裕作◉大橋信雅◉藤原龍一郎

寺山修司　母の歌、斧の歌、そして父の歌

はじめに　17

Ⅰ　これより開縁（開演）寺山修司『母の歌』　20

Ⅱ　これからマグマ、あるいは（幕間）寺山修司『斧の歌』　74

Ⅲ　これにて終焉（終演）、そして寺山修司『父の歌』　89

おわりに　137

論考◉流山児祥
寺山修司歌論ノート 141
解説◉大幡和平 173
跋にかえて◉伊藤裕作 180

もくじ

【序にかえて】

寺山修司の母斧父の短歌15首をモンタージュする

青池憲司（映画監督）

☜1の歌

老犬の血のなかにさえアフリカは目ざめつつありおはよう、母よ

歴史ぎらいの寺山修司にも年譜はある。それによれば、この歌の初出は『短歌』1960年4月号。この年、アフリカでは17の国が独立し「アフリカの年」と呼ばれた。後年、作者は、映画『母たち』（監督・松本俊夫／撮影・鈴木達夫）の撮影に同行し、詩（ナレーション）を書いた。「母は海である、子供にとってのすべての水だ」。

ガーナ共和国の海辺で、民族衣装をまとった若い母と二人のこどもの戯れが美しい。〝老犬〟は、若くして病み、たえず晩年を意識せざるをえなかった作者である。

☜2の歌

鷹追うて目をひろびろと青空へ投げおり父の恋も知りたき

父との記憶を創る。その果てしなき作業にいそしむ作者が、猫背をのばして見る〝鷹〟は飛翔する父である。それを追う眼のなかに広がる作者の空は親和性に充ちている。父と子の記憶映画のファーストカットにしたいような歌である。

☜3の歌

漕ぎ出でて空のランプを消してゆく母ありきわが誕生以前

母との記憶を創る。その作業ゆえに〝わが誕生以前〟の母を尋ねるのだが、作者の眼に映る母は、自身の記憶の空に〝漕ぎ出でて〟その光源を消してゆく。過去は溶暗する。母と子の記憶映画のスクリーンは黒画面のままである。

☜ 4の歌

地平線揺るる視野なり子守唄うたへる母の背にありし日以後

（スクリーンが溶明すると）作者は母の背にいて、その視野にあったのは揺れる地平線である。いや、揺れているのは背負われた作者の眼で、背負う母の眼もまた揺れていた。これが母との記憶創りのはじまりだが、それぞれの〝揺るる視野〟がオーヴァーラップすることはなく、葛藤が続く。

☜ 5の歌

起重機に吊らるるものが遠く見ゆ青春不在なりしわが母

母の青春は不在だと誰がいえるのか。この詠は、作者の青春の欠損感の代償として、母という他者の記憶を騙る虚構のクレーンにほかならない。しかし作者には、「**そら豆の殻一せいに鳴る夕母につながるわれのソネット**」という母子歌があることを忘れてはならない。

☜ 6の歌

音立てて墓穴ふかく父の棺下ろさるる時父目覚めずや

その棺に父の死体はない。すでにセレベス島で戦病死している父とのダイアローグを希求する、あるいは不在の確認をする、作者のモノローグである。音が鳴っているのは作者の体内であって、読み手のわたしには聞こえてこない。

☜ 7の歌（番外）

音たてて墓穴深く母のかんおろされしとき母目覚めずや

前掲歌に先行して、1951年、作者高校1年生のとき、青森の新聞『東奥日報』に掲載された「母逝く」と題する連作短歌の一首である。二つの歌とともに、自らの生を活きるために、いちばん近しい者を殺していく青春の墓標（マイルストーン）。

☜8の歌

なまぐさき血縁絶たん日あたりにさかさに立ててある冬の斧

この情動は、読み手のわたしも共有する。いや、誰もが一度は見たであろう映像である。なつかしい。言語領域で「父」あるいは「母」を殺しても、その父／母との日常生活での桎梏がのぞかれるわけではない。

☜9の歌

路地さむき一ふりの斧またぎとびわれにふたたび今日がはじまる

〝一ふりの斧〟をまたぎとぶことではじまる〝ふたたび〟の〝今日〟とは？

〈46　少年の家（略）私と母親、向き合って二十年前と同じように御飯を食べている。私と目が合うと、母親、満足そうに、にっと笑う。

私「（声）どこからでもやり直しはできるだろう。母だけではなく、私さえも、私自身がつくり出した一片の物語の主人公にすぎないのだから。そしてこれは、たかが映画なのだから。だが、たかが映画の中でさえ、たった一人の母も殺せない私自身とは、いったいだれなのだ⁉　生年月日、昭和四十九年十二月十日、本籍地、東京都新宿区新宿字恐山‼」（略）〉。*1

☜10の歌

亡き父の靴のサイズを知る男ある日訪ねて来しは　悪夢

凶々しい日常が不意に立ちあらわれる。〝亡き父の靴〟は兵隊靴であろうか。父不在の「家＝作者と母の戦後」への侵犯者は、〝靴のサイズを知る男〟、すなわち、暗く忌わしい「国家」の体現者であるのか。そんな事象が歴史であり、今であり、明日の〝悪夢〟となる予兆をはらんだ不穏な歌である。

☜ 11の歌

アスファルトにのめりこみし大きな靴型よ鉄道死して父なきあとも

読み手のわたしが鉄道死をはじめて目撃したのは、戦後まもない新制小学校2年生のときだ。国鉄東海道線浜松駅近くの上り線路。死者は兵隊靴を履いていた。街は復員たちの時代で、その子どもが通う小学校は旧陸軍兵舎だった。前掲歌もふくめ、寺山短歌にはわたしが通過してきた戦後の風景が多くあり、いずれも刺さる。

☜ 12の歌

乾葡萄喉より舌へかみもどし父となりたしあるときふいに

乾葡萄は陰嚢に似ている――

☞13の歌
晩夏光かげりつつ過ぐ死火山を見ていてわれに父の血めざむ

〝父の血〟とは？「私は、追放すべき父をさがし求めながら少年時代をすごしてきた。（略）父なきコミューンを構想しながら、いつのまにか一つの共同社会として劇団のなかで、家長化してゆく自分の悪は、さかのぼれば昭和二十年九月にアルコール中毒で戦病死したわが父寺山八郎と無縁でないように思われたりするのだが、どんなものだろうか？」＊2

☞14の歌
遠き火山に日あたりおればわが椅子にひっそりとわが父性覚めいき

〝わが父性〟とは何か？　伊丹十三氏の談。「彼自身（引用者註：寺山のこと）大変母性的な人だったですからね。」「天井桟敷のお母さんですね。それもかなり過保護、過干渉気味のお母さん。（略）たとえば文章が書けない役者のためにはパンフレットの文章を代筆しかねないような。[*3]」

☞15の歌（番外）

父親になれざれしかな遠沖を泳ぐ老犬しばらく見つむ

『ある日の日誌』というエッセイにこの歌があり、自註のように「遠沖を泳いでいる一匹の老犬を見ていると、なぜかよそ事ではないような気がしてきたのだ。泳ぐ老犬と、わたし自身の晩年とを繋ぐのは、もしかしたら旅の感傷かもしれない。」のことばが続く。読み手のわたしに子はいるが「父」にはなれなかった。ゆえに、この歌と親しむ。老犬が泳ぐ遠沖は地中海。地中海は「アフリカの海」と古地図には記されている。[*4]

【類想歌】

遠き土地あこがれやまぬ老犬として死にたりき星寒かりき

【出典】

＊1　シナリオ『田園に死す』

＊2　「中古背広を着た王―エリア・カザン」（『映写技師を射て―映画論』）

＊3　「言葉使いの劇場〈寺山修司〉という演劇を読む　対話　伊丹十三・山田太一」（『現代詩手帖　11月臨時増刊　寺山修司』）

＊4　「ある日の日誌」（『現代歌人文庫　寺山修司歌集』）
１９７５年7月コートダジュールにて

寺山修司　母の歌、斧の歌、そして父の歌

職業・寺山修司、と自称した人にひとりで戦いを挑んでも勝ち目はない。

そこで、3人の尊敬すべき先輩と、2人の優秀な後輩の力を借りて、寺山さんに1対6（わたしも含め）での戦いを挑んだのが、この『寺山修司　母の歌、斧の歌、そして父の歌』である。

わたしの援軍は映画監督の青池憲司さん、演出家の流山児祥さん、それに早稲田詩人会出身で『ホトケの映画行路』（れんが書房新社）の書がある、浄土宗僧侶の大橋信雅さん。さらに歌誌「短歌人」編集委員で、『寺山修司の百首』（ふらんす堂）の著者・藤原龍一郎さん、そしてわたしの高校の2年後輩で寺山さんの「天井桟敷」に在籍していたこともある詩人でもあり、編集者でもある高橋正義（大幡和平）さんである。

1967（昭和42）年春、高校2年生になったばかりのわたしは、そろそろ自分のこれからのことを考えなくてはいけないと思い始めていた。そんなわたしがテレビの深夜番組で、たまたま観たのが、寺山さんが立ち上げた演劇実験室『天井桟敷』の旗揚げ公演を紹介するコーナーだった。

わたしの魂《こころ》は鷲づかみにされてしまい、観終わると同時に「東京へ行こう」と決意していた。

それから寺山さんの『書を捨てよ、町へ出よう』を読んだ。そこに真木不二夫がうたった歌謡曲「東京へ行こうよ」の「行けば行ったでなんとかなるさ」の文言があり、これに勇気をもらって、猪突猛進。東京で新聞配達をして大学へ通う方法があることを知り、まずその手続きを取った。

大学は寺山さんと同じ早稲田大学。と決めて、これまた猪突猛進。運よく寺山さんと同じ早稲田大学の教育学部に潜り込み、１９６８（昭和43）年2月に上京する。

あれから55年。

寺山さんの没後40年の年、わたしが父の享年を越えた年に『寺山修司　母の歌、斧の歌、そして父の歌』を出すことになった。

寺山さんが詠った母の歌50首、斧の歌10首、父の歌38首から見え隠れする寺山さんの、そしてわたしの母のこと、斧のこと、父のことが、わかっていただければ本望である。

伊藤　裕作

I

これより開縁（開演）寺山修司『母の歌』

寺山修司の「家出のすすめ」に煽られて上京し、寺山さんと同じ早稲田大家教育学部に入学したわたしは、寺山さんの短歌を読み、見よう見まねで歌を作り始める。当時の歌は稚拙ではあるが屈折したわたしの心を、わりと素直に詠っている。多分に寺山さんの影響を受けているせいなのだろう、母を詠った歌はマザコン色が強いようである。

そんなわたしの早稲田短歌会時代を含めた、若き日に母を詠った歌9首を、以下列記する。

赤土色の母の闇に僕は人身御供の〈僕〉を見た。しゅったつ
土に塗《まみ》れし母のあらかた誰《たそ》彼《がれ》に告げし鴉はビルの上。おおーきく
母のない子をなぐさめる草笛、口笛これだけでパラリパラコ崩れゆく少年の砂のお城
折鶴を折る手、母の手いつしか知れず搦め手きめて取る悪少年《しょうねん》の首
家出人〈僕〉背後《うしろ》より撃つ〈あんた〉母よ見よ！くやし揚羽の墜ちてゆく郷《さと》
母義足胎児に義眼ぎしぎしと　闇一族の朝餉・足摺り
皆屠苦死場之惨母危篤葬式饅頭土饅頭せめて飢野に北面の墓標
我が地縁円環《サイクル》切ればその縁《えにし》めぐるめく陽光に血祭りの母
帰るまじ我が土の香のみどり街看取れぬひとり母子地獄行

さて、これより『寺山修司　母の歌、斧の歌、そして父の歌』の開縁（開演）です。
まずは寺山修司の『母の歌』ごゆっくり、どうぞ！

さむきわが射程のなかにさだまりし屋根の雀は母かもしれぬ

（『空には本』直角な空）

伊藤裕作（以下、伊藤）　さむき、は一体何に係るのだろうか？　普通に読めばわがに係るのだが、それでいいのだろうか？　それにしても射程にさだまるということは屋根に止まる雀である。それは母かも知れない。そしてそれを射るのである。なんともストレートな母殺しの歌である。そんな母殺しを夢想しているわたしへの恐れおののきを詠った歌。

大橋信雅（以下、大西）　空気銃で撃とうとした雀は、自分の母かも知れぬと気づいた寺山は、引き金を引いたのであろうか。

剃刀をとぐ古き皮熱もてり強制収容所を母知らず

（『血と麦』砒素とブルース）

伊藤　剃刀を皮で研ぎつつ、その皮にたまる熱を体感しながら強制収容所に入れられているような自分の恐怖、あるいは憎しみ。作者〔寺山〕のその恐怖あるいは憎しみの矛先は、そうしたことに気づくことなく、全くもって無頓着な母へと向かっている。

大橋　強制収容所は、どうしようもない理不尽な現実を象徴している。寺山は、熱もてりというように殺意をきざしているが、母はどんな現実に対しても熱することはない。

老犬の血のなかにさえアフリカは目ざめつつありおはよう、母よ

（『血と麦』砒素とブルース）

伊藤　血の中に……は寺山修司の好んで使うフレーズである。この老犬の血の中に目覚めるアフリカとは母のパートナーの中を流れるアフリカ大陸の血のことをこう詠んでいるのだろう。母と、そしてそのパートナーとなった男への寺山少年の複雑な心の揺れが感じられる一首である。結句の「おはよう、母よ」の呼びかけがなんともさわやかであるが、これをわたしたち読者は、どうとらえたらいいのだろう？

大橋　「おはよう」というのはさよならという言葉にわたしには聞こえて仕方がない。そして、それは、毒と悲哀を含んだ現実にやっと気づき出した母への呼びかけである。

藤原龍一郎（以下、藤原）　アフリカは何の比喩なのだろうか。普通に想像すれば野生の血ということか。飼いならされた老犬にも野生の血が目ざめようとしている。結句の「母よ」という呼びかけは、自分の中にも母離れの野生の血が目ざめ始めていることの静かなる告知ではないだろうか。目ざめた後にどのようなドラマが展開されるのか、読者はどのようにも想像できる。

暗黒に泛かぶガソリンスタンドよ欲望は遠く母にもおよび

（『血と麦』血と麦）

伊藤　ガソリンスタンドが、今のような形になったのは一九四七年から。この歌が寺山さんによって詠まれたのが一九六〇年あたり。その頃から、日本のエネルギーは石炭から石油へ変わり始め、列島にガソリンスタンドが姿を現し始めていた。そんな時代を詠んだ寺山修司の社会詠だと思うのだが、欲望というのが何を意味しているのか、この歌からは伝わってこない。

大橋　暗黒に泛かぶガソリンスタンドは寺山少年は火を付けたかったのか。火を付けたいという欲望は母にも伝わったのか。

つきさせる寒の三日月わが詩もて慰む母を一人持つのみ

（『血と麦』老年物語）

伊藤　寒い寒い寒を「つきささる」と形容する、それほどの寒さの中の満月ではなく三日月。その寒々しさが募る中で、わが詩、つまり寺山修司の書いた詩で心を慰む母。そんな母を持つ作者は、果たして幸せだったのだろうか？　そして、それを歌に詠まざるを得ない自分。そんな自分とは一体何者なのか？

大橋　寺山はまだ二十代であるが、すでに老年になったような寒い気分であり、自分の詩を持って慰めるのを母にしか求めていない。

冬海に横向きにあるオートバイ母よりちかき人ふいに欲し

（『血と麦』老年物語）

伊藤　この歌の前に〈屠られし牝牛一匹わが内に帰りきて何はじめんとする〉の歌が記されている。「母よりちかき人」を欲する作者〈寺山〉の異性を求める肉の歌？　「横向きにあるオートバイに乗りたい」というのは性の欲求の歌？　「冬海に横向きにあるオートバイに乗りたい」というのは男の荒々しい欲情の歌である。冬の海にころがるオートバイを見つめつつ、牡となって、こうした歌を詠う寺山修司の才能が、わたしには眩しい！

起重機に吊らるるものが遠く見ゆ青春不在なりしわが母

（『血と麦』映子を見つめる）

伊藤　起重機に吊るされ遠くに見えている母。その母は青春というものがなかった、あるいは知らないで生きてきた。実は、この歌の隣に、寺山修司が唯一、父になりたいと詠った〈**乾葡萄喉より舌へかみもどしし父となりたしあるときふいに**〉の歌が配置されている。青春不在の母を遠くに見やりながら、父になりたしのわれ。「映子を見つめる」の歌篇には寺山さんの母に対する葛藤が渦巻いている。

大橋　母のことを青春不在、起重機に吊らるるものが母と思う思い込み自体が、強く女として母を意識している。

母が弾くピアノの鍵をぬすみきて沼にうつされいしわれなりき

（『血と麦』蜥蜴の時代）

伊藤　ピアノの鍵を盗むとは、どういうことなのか？　そしてその鍵を沼に写されいしとは？　待てよ、もしかしたらこの歌は母の自慰行為を見てしまった少年の歌？　そして、その姿を思い浮かべて自らを慰める少年の歌。と、いうことは、この〝われ〟はすこぶる早熟な若き日の寺山少年ということになる。実は、この寺山さんふう性への好奇心は、わたしにも確かにあって、高校、大学と大人の性の世界を垣間見ながら、右往左往していた。その結果、わたしは高取英さん的に言う〝性のライター〟の道を突き進むことになったのである。

胸病むゆえ真赤な夏の花を好く母にやさしく欺されていし

（『血と麦』蜥蜴の時代）

伊藤　胸を病んでいるから真っ赤な夏の花が好きなんだという、母のいうことを聞いて、優しく欺されている〝われ〟。しかし、こんな解釈でいいのだろうか？　いや、そんなストレートな感性が少女の心をとらえ、寺山修司「少女詩集」は人気を集めている。と、思うのだがどうだろう

大橋　やさしさは人を殺すこともあるという。騙されていることを〝やさしく〟と〝いし〟で二重に強調しているが、なぜそれ程、母のことがきになるのか。

夾竹桃咲きて校舎に暗さあり饒舌の母をひそかににくむ

（『血と麦』蜥蜴の時代）

伊藤　大きな夾竹桃の下の暗闇、そこで様々なことを思いめぐらそうとしているのに、それを母の声が……。おい、もうどこかへ行ってくれ。母の鬱陶しさをどこかに感じ始めている思春期の寺山少年の歌。母への憎悪が滲んでいる。と、言うのは普通の母と子の間での話。はたして寺山母子に、そのような物言いが通用したのだろうか？

大橋　夾竹桃の花が咲いているのだから夏であろう。校舎は、仲間だけの世界であるのに、母の声が、汗をおびて迫ってくる。母の声を耳にするごとに、母の元を逃亡することだけを考えている寺山少年。

藤原　思春期の陰鬱な精神状態を象徴する一首か。夾竹桃は夏に咲く美しい花ではあるが、葉、茎、花に毒性がある。校庭に花を咲かせた夾竹桃、樹の影が差す校舎は暗い。思春期の少年にとって、母親の饒舌は鬱陶しいものだ。夾竹桃の毒を持った花の色が母の饒舌への憎悪をかきたてる。発火寸前の母と子の関係である。

泳ぐ蛇もっとも好む母といてふいに羞ずかしわれのバリトン

（『血と麦』血）

伊藤　これは明らかに作者〔寺山〕の性の歌。泳ぐ蛇とはもちろん男性器である。声変わりをしてバリトンとなった声が、ふいに羞ずかしとなった寺山青年の後ろめたい気持ちを、「泳ぐ蛇もっとも好む」と母のことを詠むことによって、母との共犯関係を強調しようとしているように思うのだがどうだろう。もちろん、この語彙は効果的である。それにしても、こんなわかりやすい寺山さんの歌があっていいのだろうか？

氷湖見に来しにはあらず母のため失いしわが顔をもとめて

（『血と麦』血）

伊藤　氷の湖を見に来たのではない。と、いうのは解る。しかし母のために失いし顔、というのは何？　母によく思われようとしづつづけているということなのだろうか？　そういえば、母と喧嘩をしたと言う寺山修司の文章は、寺山フリークの私も、目にしたことがない。

大橋　失いしわが顔は、いくら求めても決して得られない。氷の張った湖は、決して中がうかがえないように。

暗き夜の階段に花粉こぼしつつわが待ちており母の着替えを

（『血と麦』血）

伊藤　この歌の読後感は久生十蘭の小説『母子像』を読み終えた時のようだ。いや、もしかしたら、この歌は寺山さんが『母子像』を詠んだ後に作った歌なのかもしれない。実は、寺山さんが「私の選んだ娼婦小説」の中で、日本の映画、小説のベストワンの娼婦として挙げているのが、この『母子像』の母。そういうことを知れば知るほど、花粉という文字が妙にエロチックにみえてくる。

大橋　花粉こぼしつつは、精液をこぼしつつと聞こえてくる。寺山の暗き思いが充満している。

母よわがある日の日記寝室に薄暮の蝶を閉じこめしこと

（『血と麦』血）

伊藤　なんとも危ない母子の歌。薄暮の蝶というのは母のこと？　危ない！　これも久生十蘭の小説『母子像』の読後の歌か？　小説には、こんな描写がある。「汚い、汚すぎる…人間というものは、あれをするとき、あんな声を出すものだろうか…（中略）豚の焼け死ぬときだって、あんなひどい騒ぎはしない…母なんてもんじゃない。ただの女だ。」寺山修司、母を詠うときにはドラマが生じ、父を詠うときにはドラマチックでないのはどうしてなのだろう？

銅版画の鳥に腐蝕の時すすむ母はとぶものみな閉じこめん

（『血と麦』血）

伊藤　これも危ない。母は飛ぶもの、「鳥」は、すべてを閉じ込めなくては気がすまないのである。それは腐蝕していても問答無用。ともかく飛ぶものは閉じ込めなくてはならないのである。わたしは、この歌を読みながら、若き日、縁あって何度も、キャンバスの前で絵筆を握るご本人とお目にかかったことがある小山田二郎さんの『鳥女』の水彩画を思い浮かべて、母と子の悲しくも恐ろしい、この歌を口の端に乗せていた。

氷湖をいま滑る少女は杳き日の幻にしてわが母ならんか

（『血と麦』血）

伊藤　氷湖は俳句の季語。暖冬の意。杳《くら》き日とははるか遠い時。母子相姦願望の歌である。と、この歌を声にして読みながら、ふと、お母さんのはつさんは、この歌を読んでどう思ったのだろうと、思った。

大橋　恋人である少女を、幻であるとしても、母であると思うのは、どんな女性でも母を通してしか見ることができないというのは悲しい性。

やわらかき茎に剃刀あてながら母系家族の手が青くさし

（『血と麦』血）

伊藤　なんという歌か？　やわらかき茎とは男根。それに剃刀を当てるとは？母系家族の手、とは多分母の意。息子を大人にしたくない母の情念を詠いし歌？怖い。寺山さんは、母のはつさんが、この歌を読むと思っていなかったのだろうか？

大橋　少年でも勃起するのに、やわらかい男根とは、どういうことか。どこまでも息子を手放さない母の執念。

銅版画にまぎれてつきし母の指紋しずかにほぐれゆく夜ならん

（『血と麦』血）

伊藤　〈**銅版画の鳥に腐蝕の時すすむ母はとぶものみな閉じこめん**〉の歌のつづき？　飛び立とうとする寺山少年を閉じ込め、そして、何をしようとしているのか？　それを感じながら、それから逃れようとしないでいる少年の歌。真実は一体奈辺にあるのだろう？　小説『母子像』水彩画『鳥女』そして母子相姦と、次から次へと提出される禁断の愛。歌は自由であるが、もしこれが事実だとしたら怖い。

ひとよりもおくれて笑うわれの母　一本の樅の木に日があたる

（『血と麦』血）

伊藤　「樅の木は一本がよし雪が降る（早川志津子）」という俳句がある。人より遅れて笑う母も、一本スッと立つ樅の木もよく目立つ、そんな母だ。渋谷の「天井桟敷館」の喫茶室で、何度か寺山さんのお母さん、はつさんをお見受けしたが、歌の通り、よく目立つ女性だった。

大橋　母はいつも人より遅れて笑うから、少年であれば、恥ずかしいはずなのに、目立ってしまうのを少年は、誇りに思っている、日があたる樅の木は、母である。

時禱するやさしき母よ暗黒の壜に飼われて蜥蜴は　笑う

（『血と麦』血）

伊藤　決められた時間に教会でお祈りをすることを時禱という。その行為をする母を真っ暗にした壜の中で飼われている蜥蜴に見立て、笑っていると歌にしている。とっても非道徳な母の歌である。ちなみに、寺山さんは歌集『血と麦』の中で「蜥蜴の時代」という一章を立てながら、その章では「蜥蜴の歌」はひとつもない。で、蜥蜴が詠われているのは「第三楽章」のこの歌のみ。その結句が「蜥蜴は　笑う」。やっぱり、なんとも不気味である。

母のため青き茎のみ剪りそろえ午後の花壇にふと眩暈《めまい》せり

（『血と麦』血）

伊藤　母のために青き茎だけを剪りそろえ、とはなんともエロチック。そんな花壇を想像し眩暈する作者。しかし、これが母の性が歌われているとなると、これはなんとも生臭くってグロテスク。もしかしたら、わたしが寺山さんに、そして寺山さんの短歌に惹かれ、歌を作ってみようと思ったのは、こうした歌に刺激を受けたせいだったのだろうか？

わが喉があこがれやまぬ剃刀は眠りし母のどこに沈みし

（『血と麦』血）

伊藤　〔やわらかき茎に剃刀あてながら母系家族の手が青くさし〕に似たエロチィックな歌。母子相姦の歌なのだろうか？　それにしても、わが喉が憧れやまぬ剃刀って何？　この歌を、母に髭剃りをされることを待っている息子の歌と読むことができるのかもしれないが、理解できるのはそこまで。上の句と下の句の「眠りし母のどこに沈みし」との関係性がやや不透明だと思うのだが、どうだろう？

大橋　喉があこがれやまぬ剃刀とは、自殺願望なのか。そのような願望を母は知っているのか知らないのか。

紫陽花の芯まっくらにわれの頭《ず》に咲きしが母の顔となり消ゆ

（『血と麦』血）

伊藤　紫陽花の花を見ていたら、いつしか母の顔になり、そして消えた。これは何を詠った歌なのだろうか？　そっくりリアルに映像化したら、奇妙な母子相姦のアングラ映画になることだろう。そういえば、寺山さんの監督した映画『草迷宮』の女優さんの頭は、みな紫陽花の花のようだった。

大橋　七変化する紫陽花を思っていたらいつのまにか母の顔になり、消えてしまったというのは、母子がひとつになったのか。

日月をかく眠らせん母のもの香水瓶など庭に埋めきて

（『血と麦』血）

伊藤　これもまた、前の歌同様に映像化すれば、アングラ映画になること請け合いの寺山世界。母親の香水瓶などの日常使いし品々を庭に埋めるということは、母は、すでにこの世にはいない？　母よ！殺したいほど愛しているよ。真偽のほどはわからないが、なんとも怖い一首である。ことほど左様に『血と麦』血・第三章は短歌の世界というより、なんともカラフルな映像の世界に近い構成になっている。

幻の陽のあたる土地はらみつつ母じぐざぐと罐詰切りおり

（『血と麦』うつむく日本人）

伊藤　「小さい支那」という連作の中にこの一首が置かれていると、なにやら小難しいテーマを詠っているのか、と身構えるのだが、下の句で「母じぐざぐと罐詰切りおり」と、すかされる。読み手に国家、母体、缶詰を喚起させ、孕ませ（膨らませ）て、頭の中をスクランブルさせる。そして、それを切り裂く。作者の想像力と読み手の想像力の闘いである。

ダンス教室その暗闇に老いて踊る母をおもへば　堕落とは何？

（『テーブルの上の荒野』テーブルの上の荒野）

伊藤　ダンス教室の暗闇に老いてでも踊る母と、老いてダンス教室の暗闇ででも踊る母と、いかほどの意味の違いがあるだろう。前者は暗闇が強調され、後者は老いてに力点が置かれている。では堕落とは？　老いてではなく、暗闇でダンスの方。どっちが堕落か？　どっちもだ〜っ！

大橋　老いにもダンスにも暗闇にも堕落はない。おもうことに堕落はあるのだ。

田園に母親捨ててきしことも血をふくごとき思ひ出ならず

（『テーブルの上の荒野』ボクシング）

伊藤　母を捨てる行為を「ボクシング」の連作の中で詠って、「血をふくごとき」と形容するところが、いかにも寺山修司ならではである。で、母を捨てることもボクシングで血をふくことも、思い出ではないとするところも、また寺山的である。そして発句に姥捨て、もしくは姥捨山と記さず、田園と言い切るところも寺山的であり、「寺山修辞」ここにありである。

母のため感傷旅行たくらまむたそがれの皿まるく拭きつつ

（『テーブルの上の荒野』飛ばない男）

伊藤　この歌の前に日記ふうに、自分は一羽の鳥になっている夢を見たのに、そうなっていなかったというふうなことが記されている。だからこの歌は、母のために恋は成就しなかった。それ故にセンチメンタルジャーニーしようと。夕暮れ時に形ばかりにま〜るく皿を拭きながら、そんなことを思ったというのである。ちなみに、この歌は一九六二（昭和三十七）年、寺山修司二十七歳の時に詠われた歌。で、この歌は「飛ばない男」の中に納められている。尚、ついでに記しておけば、翌年の一九六三年、寺山は〝母を捨て、家を出よう〟の「家出のすすめ」を、全国の大学で講演して回り、若者に「家出」を呼びかける。

われとわが母の戦後とかさならず郵便局に燕来るビル

（『テーブルの上の荒野』飛ばない男）

伊藤　牢獄を空のようだという男に、ここより少しだけ広いだけで牢獄に変わりはないといいい、失敗者はいつもこれなんだ。の日記風詞書の後に、この歌。まさに詞書の通りで母と、寺山の戦後に対する認識の違いを、郵便局に来る燕を見つめて詠っている。そのタイトルが「飛ばない男」。そして、この歌を詠った翌年から、前述したように「家出のすすめ」を若者に説いて回るようになる。

窓へだてみづうみに暗くはしる雨母の横顔ばかり恋ほしむ

（『テーブルの上の荒野』罪）

伊藤　恋ほしむ、とは恋しい。この歌はどういう状況を詠った歌なんだろう？　母と湖畔のホテルで対面して座っている。外は雨。外を見ている母がいとおしい。母に捧げた愛の歌？　しかし、そのタイトルが「罪」というのもいかにも寺山修司ならではである。そして、この次に置かれた歌が、〈**とぶ翼ひろげしままに腐蝕せし銅版画の鷹よ……われの情事**〉さらに、〈**壜詰の蝶を流してやりし川さざむとして海に注げり**〉このタイトルにこの三首の歌。何かが動き始める予感沸々である。

山鳩をころしてきたる手で梳けば母の黒髪ながかりしかな

（『テーブルの上の荒野』罪）

伊藤　鳩であれ雀であれ、殺生をしたあとのなんともいえぬ息苦しさ。その時、殺したいほど愛する母の黒髪を手で梳けば心休まる。母よ、殺したいほど愛しているよ！　寺山修司、母恋しの歌。しかし、この歌も、何故か「罪」のタイトルの歌群の中に納められている。

大橋　母の黒髪などに触れたことのない私にはゾクッとする歌。

混血の黒猫ばかり飼ひあつめ母の情夫に似てゆく僕か

（『テーブルの上の荒野』罪）

伊藤　「罪」というタイトルの付いた六首詠。そのうちの半分三首で前述したように母を詠み込んでいる。それらは混血の黒猫、母の情夫などなどが詠まれ、久生十蘭のあの『母子像』のおぞましい世界が垣間見える歌々である。この頃寺山さん二十七歳。そしてもう一首は、〈**わが遠き背後をたれに撃たれゐむ寒林にきく猟銃の音**〉これらは、「少女詩集」を書く寺山修司とは異なるもう一人の寺山修司の歌である。

中古《ちゅうぶる》の斧買ひにゆく母のため長子は学びをり　法医学

（『田園に死す』恐山）

【「斧の歌」参照】

地平線揺るる視野なり子守唄うたへる母の背にありし日以後

（『田園に死す』恐山）

伊藤　母の背中で母の子守歌を聞きながら、遠くを見ていた少年修司の視界に揺れる地平線。その日以来波乱万丈の母子の関係が……。と、この歌を解説ふうに記してみたのだが、『寺山修司全歌集』で、この歌の置かれているところはと言うと「悪霊とその他の解説」の項であり、前ページに記されている歌は〈中古の斧買いに行く母のため長子は学びをり　法医学〉。どう転んでも何やら悪霊が、どこからともなくやって来て蠢きだしそうな気配を感じさせる歌である。

売られたる夜の冬田へ一人来て埋めゆく母の真赤な櫛を

（『田園に死す』恐山）

伊藤　母の真っ赤な櫛を、売られた冬田に埋めてゆく。母の悔しさ、僕の悔しさ。母、冬田、赤い櫛の三題噺は、なんともおぞましい幕切を予感させるのだが……。はてさて、その結末は?

大橋　書を捨て町に出ようとした寺山は、故郷の土に、母と自分の埋められた櫛をしるしとして埋葬したかったのか。

亡き母の真赤な櫛で梳きやれば山鳩の羽毛抜けやまぬなり

（『田園に死す』犬神）

伊藤　「寺山セツの伝説」のタイトルで詠まれた十首詠の一首目。真っ赤な櫛は寺山修司の歌、戯曲に度々登場する常套句。山鳩の羽毛が抜けやまぬとは、どういうこと？　鳩は羽毛が抜けて成長していくというが……。もちろん、亡き母と詠われているが、寺山さんの母ははつさんでセツではないし、はつさんはこの時亡くなってはいない。だからこの歌はその母を亡き母として、二十七歳の寺山さんが詠いたかった〝母〟亡きあとの世界の序章――。

亡き母の位牌の裏のわが指紋さみしくほぐれゆく夜ならむ

（『田園に死す』犬神）

伊藤　やはりここでも母は「亡き母」と詠われる。読者は、そのように詠われると、ふむふむとその世界に引っ張り込まれるのであるが、ちょっと待った。寺山さんはお母さんより先に亡くなった人。前の、亡き母の真っ赤な櫛の歌も、この亡き母の歌も真っ赤な嘘の歌である。そうではあるが、しかしこの歌、とってもいい歌である。

子守唄義歯もて唄ひくれし母死して炉辺に義歯をのこせり

（『田園に死す』犬神）

伊藤　義歯もて唄う子守歌、なんとも偽物っぽい響きの歌ではないか。それ故に醸し出す真実もあるにはあるが……。これも嘘っぽいが、実に寺山修司的な歌である。そして、やっぱりここでも母は亡くなっている人として詠われている。おっと、そのタイトルをよく見れば、「犬神・寺山セツの伝説」。母は人じゃなくなっていた。

桃の木は桃の言葉で羨むやわれら母子の声の休暇を

（『田園に死す』子守唄）

伊藤　羨むとは、「心《うら》を病《や》む」の意味があるという。「桃の木」の上の句と、「われら母子の」の下の句を結ぶ意味は、言葉なしでも意思の疎通ができている、という意味なのだろうか？　そうではない。この場合は、心を病んだ母の、人を羨む言葉は聞かない方がいいという意味に取るのがいいのかもしれない。この「桃の木の歌」の次に置かれている歌は、〈**その夜更親戚たちの腹中に変身とげゐむ葬式饅頭**〉とあり、この『田園に死す』の歌々は妙に奇々怪々なのである。

とんびの子なけよとやまのかねたたき姥捨以前の母眠らしむ

（『田園に死す』山姥）

伊藤　とんびの子がなくのは、姥捨された老人の肉をつつきにやって来た時の鳴き声。この歌はなかなか眠らない母に対しての、そんなことだと姥捨するぞの脅しの歌である。

藤原　「とんびの子なけよとやまのかねたたき」という上の句は、わらべ唄、子守唄の歌詞、囃子言葉のようなものか。まだ、姥捨山に捨てるほどの年齢ではないが、母離れの思いは芽生え始めている。子守唄で母を眠らせて、いつか母を捨てる日を夢想しているのか。上の句の軽快さが、かえって姥捨ての残酷さを際立てているようだ。

母を売る相談すすみゐるらしも土中の芋らふとる真夜中

（『田園に死す』山姥）

伊藤　寺山さんと十五歳の年の差、生まれ育った地域の違いもあってこの歌、私には、なんとも不可解な歌。しかし、母を売る、土中の芋、真夜中と意味深な言葉が並び、気がつくとなんとも不思議な寺山ワールドへ引きずり込まれてしまう。

藤原　母を売る相談とは物騒な話である。姥捨ての年齢になるまで待てずに母を売ってしまおうということである。この密談の最中に、地面の中では芋が太っている。実はどこの家でもこんな相談がすすんでいるのだろうか。熟れて病んだ母と子の関係。母を売る企みと芋の成熟の対比がみごとな一首。

木の葉髪長きを指にまきながら母に似してふ巫女《いたこ》見にゆく

（『田園に死す』発狂詩集）

伊藤　晩秋から初冬に多く抜ける髪の毛のことを木の葉髪といい、冬の季語。その長い抜けた髪の毛を指にからませながら、母に似てるといわれているイタコを見に行く。「発狂詩集」のタイトルの中の一首にふさわしい、やや狂気の歌。ちなみに、この「木の葉髪」の歌の次に置かれているのが〔**修繕をせむと入りし棺桶に全身かくれて桶屋の……叔父**〕という、なんだか落語のようで、それでいて「発狂詩集」にふさわしい、やや発狂気味の歌。面白い！

針箱に針老ゆるなりもはやわれと母との仲を縫ひ閉ぢもせず

（『田園に死す』発狂詩集）

伊藤　針箱の針も老いて、われと母との仲を縫って閉じ合わせることもかなわない、という狂気の母子関係を詠った歌である。これもまた、まごうことなき「発狂詩集」にふさわしい、発狂歌である

大橋　少年でありながら、老いてしまったという子はどのようなものであろう。母との間にできてしまった傷を見つめるだけの少年とは。

干鱈裂く女を母と呼びながら大正五十四年も暮れむ

（『田園に死す』家出節）

伊藤　大正は十五年が昭和元年である。従って大正五十四年は昭和四十（一九六五）年。この年、早稲田大学の「劇団なかま」が寺山作の戯曲『血は立ったまま眠っている』を上演した。演出は、その後「天井桟敷」を寺山修司とともに立ち上げることになる東由多加だった。ちなみに、母はつさんは、この時もちろん健在だった。

大橋　この年、寺山修司三十歳である。干鱈の季語は、春であるが、欲情する母を見つめながら、日は過ぎていく。

母恋し下宿の机の平面を手もて撫すとも疣《いぼ》は……無し

（『田園に死す』家出節）

伊藤　「母恋し」と、母と離れ離れに暮らす寺山青年の素直な歌と思いきや、下の句では「疣は……無し」。どこにも母との思い出はない。なるほど、そういう母子関係だったのか。でも、ちょっと待った。机の平面に疣はなくても、裏面には……。

大橋　いくら母を思っても、どこにも母の原型が残っていない寂しさがある。

はこべらはいまだに母を避けながらわが合掌の暗闇に咲く

（『田園に死す』家出節）

伊藤　はこべらの花ことばは密会、逢引き。この歌では前者に当てはまるのだろうか？　だから寺山修司が合掌している暗闇の時間帯に、はこべらの花は咲いている。寺山修司の母、はつさんはわが子を愛するあまり、子の嫁を認めなかったという話は、よく知られている。

大橋　はこべらは春の季語であるが、春はいつも母を避けている。しかし、念仏の嫌いな寺山は、いつも深く母を仏と思っているようだ。

そら豆の殻一せいに鳴る夕母につながるわれのソネット

（『初期歌篇』燃ゆる頬）

伊藤　この歌は、一九五七年以前の、高校生時代に寺山修司が作った短歌として「燃ゆる頬」の「森番」の中に納まっている初期寺山作の実にきれいな歌。そこには〔**とびやすき葡萄の汁で汚すなかれ虐げられし少年の詩を**〕という歌も。この歌も、そら豆の歌も、上の句と下の句のハーモニーが最高で作詞家・寺山修司の才能が垣間見える。

秋菜漬ける母のうしろの暗がりにハイネ売りきし手を垂れており

（『初期歌篇』燃ゆる頬）

伊藤　これもきれいな歌である。秋菜を漬けている母の後ろに、ハイネ詩集を売りにきた人がいて……。この歌に並んで〈**列車にて遠く見ている向日葵は少年のふる帽子のごとし**〉という歌もある。風景をさっと歌にする才能は、高校生の頃からあったようである。

大橋　生活そのものである母と、言葉に夢中になっている少年寺山は、すでにそのことの狭間に気づいている。

黒土を蹴って駈けりしラグビー群のひとりのためにシャツを編む母

（『初期歌篇』燃ゆる頰）

伊藤　このラガーメンは誰？　もちろん、これは、スポーツマンに憧れていた寺山修司の分身であろう。その歌に母をからめるところが、また寺山的である。野球少年で、ボクシングが大好きだった寺山修司は、高校生時代にラグビーをも歌にしている。いま存命なら、サッカーに目を輝かせ、面白いサッカーの見方を教えてくれていたことだろう。

漕ぎ出でて空のランプを消してゆく母ありきわが誕生以前

（『初期歌篇』夏美の歌）

伊藤　この歌のふたつ前に〈一本の樫の木やさしそのなかに血は立ったまま眠れるものを〉の歌があり、若き寺山修司の才能がキラキラ輝いている。

藤原　ファンタジックな歌である。空のランプとは星のことだろう。星空を海に見立てて、ボートに乗った母が一つ一つ星のランプを消して行く。それが「わが誕生以前」というところに面白さがある。これは現実の母のイメージではなく、あくまで、空想上の母の姿なのだと思う。「わが誕生以前」と限定することで、母を理想化してみせたのだと思える。

Ⅱ

これからマグマ、あるいは（幕間）寺山修司『斧の歌』

寺山修司の短歌で、よく知られている一首に、

マッチ擦るつかのま海に霧ふかし身捨つるほどの祖国はありや

がある。

わたしは、長くこの歌は寺山さんが自らの心情を詠んだ歌だと思っていた。

ところが今回『寺山修司　母の歌、斧の歌、そして父の歌』を上梓するに当たり、

寺山さんが詠んだ母、斧、そして父の歌を集めて、わたしなりに読み解く作業を進めているうちに、この〝マッチ擦る〟の歌が、寺山さんの心情を詠った歌ではなく、寺山さんがお父さんの立ち位置に立って詠った歌なのではないかと思い始める。そのキッカケは3年前の2020年夏にあった。

この年、わたしは「流山児★事務所」公演『寺山修司 過激なる疾走』（作・高取英 演出・流山児祥）に役者として出演、前述した寺山さんの父、八郎さんの軍隊の同僚の役を演じていた。で、

「寺山、死んじゃダメだ。国で子供が待っているんだろう。しっかりしろ」

そう、科白を叫んでいた。

そのとき、〝マッチ擦るつかのま〟の歌で〝祖国はありや〟と詠っているのは寺山さんではなく、木暮拓矢が演じた寺山さんのお父さんで〝自分に身を捨てるに値する祖国〟ってあったのだろうか？

その気持ちを、寺山さんがお父さんに代わって詠ったのがこの歌なのではなかったのか？

そんなことを思い、その後ずっと、そのことがわたしの頭の中でひっかかっていた。

また、同じ芝居で、犬神博士を演じ、

「下北半島は斧の形をしている」

と、言うセリフを仰せ付かった。

で、斧という字を目にしながら、わたしは、その字を父斥ける、と読み違える。

そうか、斧というのは父を斥ける道具なのだ。

だったら寺山さんの歌には父斥ける「斧」を使った歌が一杯あるはずだ。反射的にそんなふうに思い『寺山修司全歌集』(風土社)を取り出し調べてみた。

案の定、結構あった。その数は10首。

その中に、寺山さんと父親との関係、あるいは確執が垣間見える何らかのヒントがあるのではないか? そう思って、この10首と対峙した。

●寺山語録に「下北半島は斧の形に似ている」というのがある。

斧で(丶)ドン!一撃加え父斥ける

山小舎のラジオの黒人悲歌聞けり大杉にわが斧打ち入れて

（『空には本』チエホフ祭）

伊藤　山小屋で黒人悲歌を聞きながら、大杉に斧を振り下ろす姿を思い浮かべる寺山修司。素敵だ！　もちろん、この短歌を作った作者はこの時、斧という漢字に〝を打ち入れると父斥けるになることを計算していたと思うのだが、どうだろう？

大西　「昭和残侠伝シリーズ」の道行きには高倉健が唄う「唐獅子牡丹」が流れる。死地にむかう花田秀次郎と風間重吉の背中を「唐獅子牡丹」が後押しする。寺山少年の背中を黒人悲歌が後押しをして斧が打ちおろされる。

路地さむき一ふりの斧またぎとびわれにふたたび今日がはじまる

（『空には本』冬の斧）

伊藤　一ふりの斧とは、〝を打ち込んだ斧。そう、つまりこれで父を斥けた、われの一日が始まったという意味である。タイトルの「冬の斧」とは、間違いなく作者、寺山修司の自立の決意表明である。

大橋　この歌には、渡世の義理で殴り込みをした後、どこへ行くこともなく立ち去る旅人の後ろ姿がにじみ出ている。

冬の斧たてかけてある壁にさし陽は強まれり家継ぐべしや

（『空には本』冬の斧）

伊藤　壁に光がさしこんで、立てかけられた斧の刃がキラリ。この時、寺山さんの頭には、斧で父斥けるという言葉合わせが妄想されたのだろう。そして、その時父斥けて、家を継ぐ決意は固まった。それはとりもなおさず寺山さんの自立の決意表明でもあった。ちなみに『空には本』が刊行されるのは一九五八（昭和三十三）年、寺山さん二十二歳のときである。

大橋　冬の斧には、筋を通すことへの強い意志が感じられる。とにかく筋を通してからでなければ、話は前に進まない。

冬の斧日なたにころげある前に手を垂るるわれ勝利者ならず

（『空には本』直角な空）

伊藤　手を前に垂らして斧を手に取れないわれに、勝利はこない。劇画『あしたのジョー』の矢吹丈は、好敵手の力石徹との一戦のラストシーンで、敵の前に両手を垂らし、力石の最後の一撃を誘い、それを受けて勝負に負ける。だが、力石は渾身の力を振り絞って闘った結果、死んでしまう。その力石の葬儀を喪主となって執り行ったのが寺山修司。寺山さんは勝者だけでなく、敗者の美学をもよく心得ていた。

大橋　やくざ映画の主人公は、いつも敗者である。赤い着物（囚人服）を着るか、白い着物（死装束）を着るか、その二つしか残されていない。網走番外地シリーズでは、網走刑務所から出所するシーンからよく始まるが、高倉健はいつも刑務所へ帰っていく。

藤原「冬の斧」は主人公の意志や野心を阻害するものとしての意味を負っている。閉塞感を打破するために、行動を起そうとしたが、冬の日向にころげている斧を踏み越えて行くことができない。むなしく手をたれるばかりの姿は、当然、敗者のそれである。

声のなき斧を冬空の掟とし終生土地を捨つる由なし

（『血と麦』うつむく日本人）

伊藤　声のなき、とは斧に丶を打ち込めないことで、いつまでたっても父を斥けることができず、季節はいつまでも冬で、春はこない。そんな斧に取りつかれた一家に土地を捨て、出ていくという選択肢はない。さあ、どうする。その答えは「家出のすすめ」だった。わたしは寺山さんの「家出のすすめ」を読み、家を出て東京へ出る決意をした。そして今、こうして、その総括をしている。

大橋　花と凧は冬空に舞う。決して帰らない故郷への思いを、自らへの掟として胸に抱えている。一度、盃をかわしたら、白いものを黒いと言われても、ハイと答えるしかない。

藤原　「声のなき斧」という比喩の意味するところは、地縁血縁のしがらみということではないか。故郷の冬空にこの斧が掟として重苦しく垂れ込めているゆえに、私は終生、故郷の土地から脱出することができない。どうにもならない閉塞感を詠った一首だ。

なまぐさき血縁絶たん日あたりにさかさに立ててある冬の斧

（『血と麦』老年物語）

伊藤　父への殺意が前面に出た歌である。冬の日の当たるところにさかさに立ててある斧、それはまさしく父斥けるために用意された道具《ツール》であり、なまぐさい血縁を断つための凶器だ、という形容がなんともリアルな歌である。

大橋　血の匂いが満ちている。血縁を絶たんため詰めた小指が冬斧の横に転がっている。

老木の脳天裂きて来し斧をかくまふ如く抱き寝るべし

（『田園に死す』恐山）

伊藤　老木の頭を裂いて、その中に斧をかくまうように抱いて寝る。つまり、これはいつだって父親殺しはできるという決意表明である。もちろんそれはあくまでも喩であるが……。この歌を寺山修司は二十九歳のときに詠っている。この時寺山さんの父親は、すでにあの世に旅立っていた。にもかかわらずである。つまり、父親殺しは寺山さんにとっては〝思想〟だったから、父亡きあとでもこういう歌が書けたのだと思う。

中古《ちゅうぶる》の斧買ひにゆく母のため長子は学びをり　法医学

（『田園に死す』恐山）

伊藤　（この歌、母の歌でもあるが、本書では斧の歌として扱った）中古の斧を使えば、犯人は家のものではないという証《あかし》。これも思想である。

藤原　寺山の歌には、常に「母殺し」のイメージがある。この長子はもちろん、母が買ってきた中古の斧で母の頭蓋を叩き割ることになる。では、何のために法医学を学んでいるのか。母に一撃で致命傷を与えるための勉強だろうか？　あるいは、自分の犯行を隠蔽するための工作か。いずれにせよ、母は何もしらずに、自分を殺す凶器となる斧を買って、まもなく帰って来るのだろう。

旧地主帰りたるあと向日葵は斧の一撃待つほどの　黄

（『田園に死す』犬神）

伊藤　旧地主とは何者なのか？　鄙の地で生きる者にとっては天皇にも等しい権力者である。その権力者から黄色くなった、熟し切った向日葵に何が語られたのか？　多分、斧での打ち首？　それは、まごうことなく世代交代、権力奪取！

大橋　言葉で人を殺そうとした寺山少年は、永山則夫少年のように銃で人を殺すことはなかった。「黄」には、ヤクザ映画の決まり文句「死んでもらいます」が凝縮している。

声のなき斧おかれありそのあたりよりとびとびに青みゆく麦

（『初期歌篇』記憶する生）

伊藤　一九五七年以前　高校生時代に詠った初期歌篇の中に納められた斧の歌。と、いうことは寺山さんにとって初めての「父斥ける」歌であったのだと、わたしは思う。父と子は、殺《や》るか殺《や》られるか、なのである。

藤原　この歌の「声のなき斧」も断ち切ることができない母郷のしがらみ。「青みゆく麦」とは一見は良いイメージに思えるが、これも実は故郷脱出を阻む足枷のようなもの。「青みゆく麦」に騙されてはいけないのだが、偽りの優しさ、心地よさに懐柔されてしまうかも知れない。

Ⅲ

これにて終焉（終演）、そして寺山修司『父の歌』

わたしの父がこの世を去ったのは七十二歳だった。

今年、わたしは七十三歳になった。

以前から父の享年を越えた年に、わたしは『寺山修司　母の歌、斧の歌、そして父の歌』を纏めてみようと思っていた。

わたしと父の間には、とてつもない確執が長い間あった。

東京へ出て、短歌を作り始めた頃、こんな歌を作っている。

敗残兵・父の茎立ち闇を撃ち「帝国軍人の戦後は終わったのであります」
身元保証人・父、眠狂四郎贋の履歴書認《した》ためて誤解して錯覚して家出して
冷々と鈍行列車のゆく町は父と子の因果律表　明日《あした》の荒野
にせちちににせ似合いの見合い札合わせ家族合わせの誘《いざな》う異郷
みどり街　魂《こころ》吹雪けば想い出地獄屈折三角〈父親定《ちち》め〉旅
棄てられしかの地父祖の血打ち棄てて来て魂《こころ》鎮めにネオンの海へ

以上6首。父のことを、こんなふうに思って生きてきた。
そんなわたしだったから、寺山さんの詠った父の歌は、ほぼ、すべての歌がストンとわたしの腑に落ちた。

向日葵は枯れつつ花を捧げおり父の墓標はわれより低し　（修司）

この歌など、まさにわたしの父親観と同じである。

生命保険証書と二、三の株券をわれに遺せし父の豚め　（修司）

この歌も、若き日のわたしの腑にストンと落ちた。いや、当時のわたしたちの言葉で言えば、まさに「異議なし」の歌だった。

こうして、わたしは寺山さんの言葉のマジックに取り込まれていき、見よう見まねで前述したような歌を詠うようになっていったのである。

あっ、そうだ。「父の豚め」と言えば、寺山さんの戯曲『血は立ったまま眠っている』の中に、床屋の父親に向かって、息子の少年が「父ちゃんの豚め」と叫ぶシーンがあった。

２０００年4月というからもう23年も前のことである。渋谷「ジャンジャン」の閉館公演で、演出は流山児祥。

23年前に聞いた、この「父ちゃんの豚め」の科白は、わたしの耳から、体内に擦り込まれて、時々フッと脳裡に蘇ることもあったが、齢70を過ぎてからは、遠い忘却の彼方に去ったようだ、と思っていた。ところが２０２３年２月１日、この『血は立ったまま眠っている』を地下鉄早稲田駅から徒歩3分『スペース早稲田』で観る機会が巡ってきた。

「流山児★事務所」公演で演出は若手の三上陽永。流山児さんじゃない、若手の演出家が、あの「父ちゃんの豚め」をどのように見せてくれるのだろう?

ドキドキしながら劇場へ足を向けた。

地下の劇場は、2023年とは、とても思えぬ和式の便器が舞台に設置されていて、なんだか時代錯誤の雰囲気が漂っていた。そこにわたしが若き日に観た状況劇場の磨赤児を彷彿させる甲津拓平演じる床屋の親父が登場し、なんだか「父ちゃんの豚め」の科白が、期待できる雰囲気が漂ってきた。

1回目の床屋の親父と少年の別れる場面で「父ちゃんの豚め」を期待したのだがすかされた。だが、ラストに近い床屋の親父と少年の別れのシーンで、少年役の本間隆斗が「父ちゃんの豚め」。

そう、こうでなければ、寺山修司の『血は立ったまま眠っている』はやる意味はない。そう思い、わたしは、一人、心の中で拍手を送っていた。

では、何故、寺山さんもわたしも、父親に対して「豚め」と罵声を浴びせているのだろう？

多分、多くの人は、父親に対してそんな態度を取るなんて、と、思うだろう。もちろん、寺山さんも、わたしも、父親に対してそのような罵声を浴びせなくてはならないことには忸怩たる思いは抱いてはいた。それでも、そう言わざるを得なかったのだから、これはもう致し方ないのだと、ずっと思っていた。

だが、今回この『寺山修司　母の歌、斧の歌、そして父の歌』を纏めてみて、寺山さんのお父さんもわたしの父も，実は戦争によって、心の『祖国』を失くしてしまった戦争被害者であり、一人になって海を見つめたとき、「身を捨つるべき」祖国が見当たらなかった可哀そうな日本人になってしまっていたのではないのか。

だったら許す。

だが、寺山さんもわたしも、そうはしなかった。

ダメなものはダメだ。

さあ、ではこの決着《おとしまえ》どうつけようか？

そう思い、父の享年を越えた今年、『寺山修司　母の歌、斧の歌、そして父の歌』を書き上げるのだと、決意していたことを思い出した。

そうだ、今を逃したら後悔する。

そう思い、父の享年を越えた今年、父との決着《おとしまえ》をつけるために、この本を出すことに集中した。

そして、いま『寺山修司　母の歌、斧の歌、そして父の歌』は、皆さんの手元に渡っている。これにて「父ちゃんの豚め」という言葉は、わたしの身体から消滅した！

父との確執も終焉した。と、いうわけである。

桃うかぶ暗き桶水替うるときの還らぬ父につながる想い

（『空には本』チエホフ祭）

伊藤　桃が浮かぶ、鮮度を失くした桶の水を変えようと桶を覗き、新鮮な水を注いだ時に浮かび上がるピンクの桃の割れ目。その時、寺山少年の脳裡に浮かんだのは限りなくエロチックな父と母の情事。だが、父はすでにこの世にはいない。ところでこの歌、寺山さんはいくつの時に作ったのだろう？　調べると『空には本』の歌は一九五八年に発表されている。と、いうことは寺山さんは二十二歳よりも前に、この歌を作っていることになる。いくら早熟と言えども、その年齢で、暗い桶水にうかぶ桃の桃色の割れ目を見て、父と母の情事？　う～ん凄い。

音立てて墓穴ふかく父の棺下ろさるる時父目覚めずや

（『空には本』チエホフ祭）

伊藤　父の棺を埋めるために墓を掘っていく騒然とした風景を思い浮かべながら、目覚めてこない父に、寺山少年、何を思ったのか？　目覚めてくるな！という魂の叫びが聞こえてくる。

大橋　大きな音に、目覚めてこない棺の中の父に寺山少年は、目覚めてくるなと声をかけたにちがいない。私の父が死んだ時、私はすでに五十歳を過ぎていた。私は喪主であったが会葬者に、あれだけ、にこやかに笑っている喪主は知らないと噂された。

作文に「父を還せ」と綴りたる鮮人の子は馬鈴薯が好き

（『空には本』チエホフ祭）

伊藤　中国で馬の首に付ける鈴に似ていることから馬鈴薯と名づけられたジャガイモ。父は子供にとって、その鈴のようでなければならない。朝鮮人の友のその姿が、なんともうらやましい、父亡き少年修司の魂の叫びである。

藤原　この朝鮮人の子供の父は太平洋戦争に召集されて、どこかの戦地で戦死したのだろう。馬鈴薯の好きなこの子は、自分の父親の顔さえ覚えていないのかも知れない。「父を還せ」と作文に書くのも当然だろう。ちなみに寺山修司の歌壇デビュー作品「チエホフ祭」の原題は「父還せ」であった。

向日葵は枯れつつ花を捧げおり父の墓標はわれより低し

（『空には本』チエホフ祭）

伊藤　枯れた向日葵が捧げられている父の墓標。その丈は寺山少年よりはるかに低い。寺山のお父さんとの関係が正直に詠われていて、ドキッとさせられる一首である。少年の背丈よりも低い墓標に手向けられている花は枯れた向日葵。そうした現場に、わたし自身を置いたとき、耐えられない気持ちが全身を走り抜け、父をリスペクトする気持ちは湧いてこない。枯れた花なら取り換えればいいのだが、この時の寺山少年は、そういう気分になっていない。当然である。わたしはこの歌を読み、わたし自身の父との関係と、寺山さんのお父さんとの関係が近いことを知り、寺山さんの後を追って生きていくことを決意した。

大橋　現実の父の墓標が、寺山少年の背丈よりも低いのではなく、寺山少年は、墓標に向かいながら、ひしひしと父より大きくなったことをかんじているのである。

藤原　枯れて首が折れるように萎れてしまった向日葵、その花の位置が、あたかも父の墓標に捧げてくれているように見える。その父の墓標は私の背丈よりもずっと低くなってしまった。もはや忘れられてしまった父には、そんな萎れた向日葵の花こそが、手向けにふさわしいのかも知れない。

父の遺産のたった一つのランプにて冬蝿とまれりわが頬の上

（『空には本』チエホフ祭）

伊藤　父のたった一つの遺産が太陽の光の対極のランプという描写に寺山さんの父親に対する気持ちが投影されているように、わたしには思える。その光に飛んでくる冬蝿とは何なのか？　戦争で自信を無くした無残な父親、そしてそんな父親を持った子のやるせなさを詠った歌である。団塊の世代のわたしたちだけでなく、十五歳上の寺山さんの父親、八郎さんも戦争中に病気でなくなっている。そうした父親は、子どもたちからリスペクトされなかった。そんなマイナスの遺産しか残せなかった、わたしたち世代の父親たち。彼らを寺山さんは「父ちゃんの豚め」と呼んでいる。そして、わたしも……。

父の遺産のなかに数えん夕焼けはさむざむとどの畦よりも見ゆ

（『空には本』冬の斧）

伊藤　父の遺産の夕焼けが、どの畦から見ても寒々と見える。とは、どういうことだ。たしかになんの遺産も残してくれなかった父に対し、せめて夕焼けでも遺産として残してほしかった。という詩人であり歌人であった言葉の魔術師、寺山修司ならではの表現ではあるが、夕焼けは物ではない。強いていえば想い出。その想い出が、どこから見ても、誰が見ても、さむざむとしか見えないではないかと思ってしまう少年の悲しみ。それは言葉を変えれば極めて残酷な父親観である。これもまた寺山さんから、そしてわたしから「父ちゃんの豚め」と呼ばれてしまった父たちと、その子どもが背負った戦争の悲しい遺産である。

外套のままのひる寝にあらわれて父よりほかの霊と思えず

（『空には本』冬の斧）

伊藤　外套を着てうつらうつら、つまり寒空の中でうたたねをしていた時に、ふっと現れる霊。それは寒々とした父の霊以外には考えられない。そんな悲しき少年だった寺山さん。そして、戦争の結果、尊敬されない父親、あるいはそうした大人が世の中にあふれるとどうなるか？　寺山さんがそうであったように、そしてわたしがそうであったように、父を、あるいは大人たちが尊敬できない、そんな子供たちが現れてくる。だから、戦争はしてはいけない。そう、戦争は〝あとを引く〟のである。

父葬りてひとり帰れりびしょ濡れのわれの帽子と雨の雲雀と

（『空には本』冬の斧）

伊藤　父の葬儀の帰り道、びしょ濡れのわれと春を告げる雲雀も雨に打たれてピーチクパーチクの鳴き声もない。父が亡くなって悲しいのではない。死してなお、迫ってこない不在の父。故に悲しい。親から子を、あるいは子が親を尊敬できない関係は、そしてそんな世の中は悲惨である。戦争が、そんな親子関係を、あるいはそんな世の中を作ることを、わたしたち団塊の世代はよく知っている。

大橋　なぜ嫌であった父を一人で葬り処理しなければならないかという苛立ちが、びしょ濡れになった帽子によく表れている。

父となるわが肉緊まれ生きている蠅ごと燃えてゆく蠅取紙

（『血と麦』砒素とブルース）

伊藤　なんという歌か。生きている蠅が蠅取紙に捕えられて燃えていく様子を、じっと観察しながら、やがて父となる我が肉、つまりペニスが緊《ちぢ》こまって、ぶすぶすと音を立てて燃えてゆき、生きたまま焼かれていく。そんな光景を思い浮かべ、いつしかペニスが緊んでいく、という発想にもびっくりだが、ペニスを父となる我が肉とする発想、表現にもびっくり、どっきりさせられた。それにしても、蠅が蠅取紙ごと燃やされていく光景を見て、己がペニスに思いが馳せられるって、寺山さんってやっぱり凄い！

生命保険証書と二、三の株券をわれに遺せし父の豚め

（『血と麦』砒素とブルース）

伊藤　お金になる生命保険証書と二、三の株券を残して死んだ父。だが、寺山少年にとって、そんなものはクソの役にも立ちはしないという歌。それ故「父の豚め」の下の句に、思いっきりの憎悪が詠いこまれている。と、わたしは読んだ。ちなみに寺山さんは処女戯曲『血は立ったまま眠っている』の中でも、父を憎む主人公の少年に「父ちゃんの豚め」という言葉を、父親に向かって吐かせている。

大橋　ここには、二件の事件と呪詛の言葉しかない。このことを歌にするとは驚きである。

アスファルトにのめりこみし大きな靴型よ鉄道死して父亡きあとも

（『血と麦』血と麦）

伊藤　アスファルトに残った大きな靴型が鉄道死した父の物なのかどうかわからないが、その靴型を見て父を思う少年寺山修司。父は鉄道事故で死んだと思いたいのである。尊敬できない父親を持った少年の得意技は贋の履歴書である。

大橋　アスファルトに残っている靴型が鉄道死した父の靴型という噂にしがみついている寺山少年。いや、噂をつくったのは寺山少年かもしれない。

セールスマンの父と背広を買いにきてややためらいて鷗見ており

（『血と麦』血と麦）

伊藤　父、八郎さんは特高警察の警察官だったはずの寺山少年、ここでは父はセールスマン。これも、もちろんニセの履歴書である。この歌に、自由に飛んでいる鷗を見て、嘘をつかざるを得ない自分への屈折した思いが「ややためらいて」の表現にみてとれる。この歌を読みながら、わたしが風俗ライターをやり始めた当初、風俗で働く女の子の中に、店を替わる面接のときに偽の履歴書を書いている子が何人もいることを知り、驚くとともに、そうした立ち位置に立って生きている子が結構いることにショックを受けたことを思い出した。

農場経営に想いおよべばいつも来るシャツのボタンのなき父の霊

（『血と麦』血と麦）

伊藤　何かが欠落した父の霊。それは寺山少年の亡き父に対する思いであろう。シャツのボタンがない父とは？　隙のある男の意味なのだろう。しかし、これもまた、特高警察の刑事だったといわれている父の贋の履歴書である。寺山さんの父を詠った歌で、わたしが「異議なし」と思う歌は〈**生命保険証書と二、三の株券をわれに遺せし父の豚め**〉これである。ほかの歌で歌われている父の姿は、多くは悪意をたっぷりと含んだ贋の、あるいは、なんとも意味不明な嘘の履歴書である。

さむき川をセールスマンの父泳ぐその頭いつまでも潜ることなし

（『血と麦』血と麦）

伊藤　寒き川とは人生のこと。その川を泳ぐ父に対し、修司少年がリスペクトする気持ちはみじんも感じられない。何も言わない、何もしないから、お願いだから消えて欲しいの思いが募っているのだが、その頭はいまでも潜ることはない。世の中というものはそういうものなのである。

大橋　父親は、いろんな職業を伴って現れる。どのように装っても、嫌な父の顔は、少年の頭から消えることはない。

悪霊となりたる父の来ん夜か馬鈴薯くさりつつ芽ぐむ冬

（『血と麦』老年物語）

伊藤　これもまた、修司少年の父に対する嫌悪、あるいは決別の歌である。父が悪霊としてやってくる夜。馬の行き先を示す鈴の役割を果たす馬鈴薯が腐りながら、芽吹き始めている、そんな冬、わたしたちは、そんな未来を見たくないのだ。と、いう寺山さんの叫びの歌でもある。

大橋　悪霊となった父が、自分にたたってくれれば、嬉しいがという気持ちが芽ぐむという言葉によく表現されている。

すでに亡き父への葉書一枚もち冬田を越えて来し郵便夫

（『血と麦』老年物語）

伊藤　寒々とした冬田。それを越えて、すでに亡くなった父への葉書を持ってやって来た郵便配達夫が、その寒々とした風景に追い打ちをかける。なぜなら、亡き父の存在は、寒々とした冬田以上に寒々としているからだ。これは少年修司の心象風景であり、寺山修司にとっての父を象徴する歌でもあり、これ以上でも以下でもない父親像である。そして、それは「もう父親のことをかまってくれるなよ」そんな寺山さんの叫び声が聞こえる歌でもある。

乾葡萄喉より舌へかみもどし父となりたしあるときふいに

（『血と麦』映子を見つめる）

伊藤　寺山修司の父を詠った歌で、多分唯一自ら「父になりたい」と吐露した歌。乾葡萄を喉から舌へかみもどした時の、その思い。遺伝子が再生されてきているような錯覚が、読み手に伝わってくる。寺山さんの年譜を見ると、一九六一（昭和三十六）年に、母はつと同居し、二年後の四月二日、九條映子と結婚。母と別居と記されている。と、いうことはこの歌は結婚直後の幸せの絶頂のときに詠ったということになる。

大橋　私は子どもの時、乾葡萄が大好きであった。それをかみもどした時の味もよく覚えている。あの味が父になりたいとふと思わせたとしたら、寺山さんはどのような父となりたかったのであろう。いや、決して父親などになりたかったとは思わない。もし、そんな思いがあったとしたら、それは少年の頃の遠い思いであろうか。

藤原　乾葡萄を食べながら、自分が子どもを持つ姿を想像している。寺山修司の短歌の中でも、特に珍しい発想の一首である。妻が居て、子どもの居る一般的な家庭の幸福を夢想することが寺山にもあったのだろうか。乾葡萄という懐かしい味の食べ物との配合が巧みだ。

父の年すでに越えおり水甕の上の家族の肖像昏し

（『血と麦』映子を見つめる）

伊藤　亡き父の年齢を越えた。その時、多分納屋に飾られているのであろう父を交えた家族写真が……。その写真が昏しとは？　屈折した寺山さんの父親観が、その言葉に投影されている。ちなみに、この歌が詠まれた一九六〇年は、寺山さんが松竹女優九條映子と出会った年。その幸せは、確かにに伝わっては来るのだが、水甕の上の家族の肖像昏しという表現に、幸せであることへの心の揺らぎを感じるのは、わたしだけだろうか？

遠き火山に日あたりおればわが椅子にひっそりとわが父性覚めいき

（『血と麦』真夏の死）

伊藤　前述したように後に妻となる松竹女優、九條映子と出会うのが、一九六〇年。その年に作られたこの歌、遠くに見える活火山に日が当たっている。それを椅子に座りながら見つめるわれに父というより雄の性がムクムクと……。遠き火山、日あたりおれば、わが椅子に、ひっそりと、わが父性、目覚めいき、とてもわかりやすい歌になっている。そしてそれから、母はつといろいろあって、二人が結婚するのは前にも記しているが二年後の一九六三年、四月二日、寺山修司二十七歳のときである。

鷹追うて目をひろびろと青空へ投げおり父の恋も知りたき

（『血と麦』蜥蜴の時代）

伊藤　寺山さんが父の恋に関して詠うなどということがあろうとは思っていなかっただけに、ちょっとびっくり。鹿を追っていた視線が、あるとき真っ青な空に向けられ、未来が開けたのだろう。そんな気持ちを素直に歌にできているのは、人〔映子〕を恋し、愛してているときだからであろう。そうした青春のすがすがしさがにじむ歌。この歌なら寺山修司「少女詩集」に入れても誰も文句は言わないだろう。しかし、この歌を「蜥蜴の時代」という歌の群れの中に入れる寺山修司。やはり、只者ではないのである。

晩夏光かげりつつ過ぐ死火山を見ていてわれに父の血めざむ

（『血と麦』蜥蜴の時代）

伊藤　晩夏、かげる光、死火山、マイナスの語彙が頭をよぎる。それが父と結びつき、鬱陶しい歌となり、父の血への嫌悪が詠まれていてぞっとする一首。と、読むこともできるが、この時期新婚の寺山さん。もしかしたら、父の血めざむとは、父になりたしということだったのか？　しかし、この歌を「蜥蜴の時代」の歌群に入れているということは、どういうこと？　蜥蜴が夏の季語だから？

大橋　寺山が生まれ育った時、一度も父として活動しなかった父を死火山と見て、自分の中に血が噴きだす活火山をみる。

甲虫を手に握りしめ息あらく父の寝室の前に立ちおり

（『血と麦』蜥蜴の時代）

伊藤　甲虫は、雄にしろ雌にしろ手で握りしめたら血が噴き出ること必至。そんなとき息は荒く興奮状態である。で、この歌は、父の寝室の前で雄と雌の交合の妄想がひしひしと伝わってくる。ン！　だけど、寺山さんって父になりたし、の人じゃないはず。でもこの歌も、前のページの挽歌光の歌同様に、父になりたしの歌。なんだか寺山さんらしくない、と、思うのは、わたしだけではないと思うのだがどうだろう。もちろん、寺山さんは皆さんもご存知なように、父になることなく、この世を謳歌し、あの世に飛び立っていった人である。

亡き父の勲章はなお離さざり母子の転落ひそかにはやし

（『血と麦』蜥蜴の時代）

伊藤　離さない亡き父の勲章とは何なのか？　それは解らないが、残された母子は、何をしても周辺からはあれこれ言われるもの。そんな世の中を感受性の鋭い青年は、このように詠った。これ、間違いなく久生十蘭の小説『母子像』の短歌バージョンだと、わたしは思うのだが、どうだろう？

大橋　父の勲章は、何の役にも立たず、侮蔑の対象であり、冷ややかな他人の目であった。

亡き父の靴のサイズを知る男ある日訪ねて来しは　悪夢

（『テーブルの上の荒野』テーブルの上の荒野）

伊藤　亡き父の靴のサイズとは、父の人間としての大きさであろう。そしてその男は父のことを評価はしていない。その話を聞きながら少年修司は目を閉じ、耳を塞ぎたい。そんな思いが沸々と伝わってくる歌である。寺山修司と父親との関係がよくわかる一首である。

大橋　亡き父の身体も心の恥部も知っている男が訪ねて来て親しげに語らいかけて去っていくことのおぞましさ。

白髪の蕩父帰れり　黄金の蝿が蝿取紙恋ふごとく

（『テーブルの上の荒野』遺伝）

伊藤　これもまた、誇れない父を詠った歌。白髪の蕩父に込められた思いが黄金の蝿と詠うことによって、その放蕩ぶりが強調され俗物の父のイメージを際立たせている。ともかく寺山さんの父に対する嫌悪、憎悪がひしひしと伝わってくる一首である。若かりし頃、わたしはこの歌を読んで「うん、わかる、わかる」だったが、七十三歳になったいまは、じっと目を閉じ……。そして、今回この『寺山修司　母の歌、斧の歌、そして父の歌』を上梓した。

夾竹桃の花のくらやみ背にしつつ戦後の墓に父の戒名

（『テーブルの上の荒野』飛ばない男）

伊藤　父、八郎さんは戦争で亡くなったのではない。アルコール中毒のためセレベス島で病死した。そうしたお国のためではない父の死、そのうしろめたさが夾竹桃の花のくらやみを背にして立っているという表現、あるいは、戦後の墓という言い方によくあらわれている。戦死だったら素晴らしいとは思わないが、そのさ中に酒で死んだというのは、やはり恥ずべき非国民とうつったのだろう。

大橋　父親が死んだ時、寺山修司がいくつであったか私は知らない。しかし、男の子にとっては、父親は戒名となっても、いつまでも、うっとうしいものにかわりはない。夾竹桃の花が咲いているのだから、夏に違いない。それも紅色であろう。寺山修司の背中にはとめどもなく汗が流れている。

藤原　寺山修司の父、八郎の戦病死の公報が母子のもとに届いたのは終戦の後だった。それゆえに、父の墓は「戦後の墓」ということになる。父が出征したのは、寺山修司が五歳の時なので、父との関係は極めて希薄だったはず。「夾竹桃の花のくらやみ」というイメージは、あらかじめ父を喪っていたという深く暗い喪失感の比喩ともなっている。

大正二年刊行津軽行刑史人買人桃太は　わが父

（『田園に死す』犬神）

伊藤　大正二年に刊行された津軽の行刑史の中の「人買人桃太」はわが父である。そんなふうにしか父を詠えない寺山修司。父を憎む少年はなべてそうであるように、わたしには思える。

藤原　寺山修司の父、八郎は現実には人買いなどではなく、特高警察の刑事であった。この父は修司が五歳の時に召集されて、セレベス島で戦病死した。幼い日に別れたままの父を、想像力で少し偽悪的に描いてみせた。それも大正二年の『津軽行刑史』などという文書にその名が載っているという発想がいかにも寺山修司的である

燭の火に葉書かく手を見られつつさみしからずや父の「近代」

（『田園に死す』子守唄）

伊藤　燭の火にすら見られたくない、父のことを記した葉書の文言。そうした父を持った男の悲しみがひしひしと伝わってくる一首。いや父だけではなく、父の「近代」ということは、それは父親の世代の人たちのことをも指している。

藤原　誰に葉書を書いているのだろうか。燭の火が葉書を書く手を見ている。その時、唐突に父の「近代」とは何だったのかと思った。寺山の父は昭和十六年に出征し、二十年に戦病死している。おそらく父は三十代前半だったのだろう。そんな父にとって「近代」など意識されていたのか？　永遠の謎である。

老父ひとり泳ぎをはりし秋の海にわれの家系の脂泛きしや

（『田園に死す』子守唄）

伊藤　老いた父がひとりで泳ぎ終えた海に、自分自身の家系の脂がういているとは、なんと自虐的な歌であることか。この歌には作者、寺山修司の父への敬意はみじんも感じられない。いや、それよりも父への嫌悪が滾《たぎ》っていると言った方が正鵠を得ているだろう。「白髪の蕩父帰れり」の歌と同じ様に、若き日にはこうした歌に対してわたしは「異議なし」という思いが強かったが、わたし自身が老いて脂ぎった部分が随分となくなってしまったいまはもう……。

亡き父の歯刷子一つ捨てにゆき断崖の青しばらく見つむ

（『田園に死す』子守唄）

伊藤　歯刷子一つを捨てにゆくのにテレビのサスペンスドラマの殺人行のような仰々しさ。その行為への決意の固さがうかがい知れて、何やら憎い父への憎悪がひしひしと伝わってくる。実は、今回の、わたしのこの『寺山修司　母の歌、斧の歌、そして父の歌』は、わたし自身の父との決着《おとしまえ》である。しかと御覧じろ。

大橋　父の歯刷子を捨てに断崖にまでたどりついたが、父への記憶がどこかで削ぎとられていることに気づいた少年がいる。

あした播く種子腹まきにあたためて眠れよ父の霊あらはれむ

（『田園に死す』子守唄）

伊藤　歯刷子の歌同様に、父との断絶の深さを思わせる歌。母との確執は♪時には母のない子のように、と歌謡曲にもできる寺山修司だが、父に関しては霊あらわれむ、ときっぱりと拒絶するのである。それにしても「寺山セツの伝説」及び「暴に与ふる書」での寺山さんの父の歌には、寺山さんの父親に対する心情がしっかりと詠い込まれていて、なんとも凄い。読むほどに父と子との確執が浮かび上がってくる歌々である。

わが通る果樹園の小屋いつも暗く父と呼びたき番人が棲む

（『初期歌篇』燃ゆる頬）

伊藤　甘い香りの果樹園と、そのかたわらにあるいつも暗い小屋。それを見ながらその不在の番人を「父」と重ねる寺山少年。と、この歌を読み解くこともできるが、実はそうではない。これは不在であるが故に番人を「父」と呼びたいという寺山流の暗喩。〔**なみだは／にんげんのつくることのできる／一ばん小さな／海です**〕とロマンティックに詩う詩人の胸の奥には、いくら呼び掛けても返事をくれない果樹園の小屋の番人を父と見做して「父さん」と呼びかけたいと望む〝暗い闇〟が見え隠れしているのである。

わが鼻を照らす高さに兵たりし亡父の流灯かかげてゆけり

（『初期歌篇』燃ゆる頬）

伊藤　この歌も、果樹園の不在の番人を父と呼びたいと希求したように複雑に屈折した亡き父への思いがつまった一首である。流すべき流灯で自らの顔を隠して川へと向かう寺山少年。亡き父と自身の間に距離を置きたいという思いが伝わる歌である。いや、だからと言って距離を置きたいのではない。わが鼻を照らす高さとは顔のど真ん中である。と、いうことは、わたしはわたし、この流灯の人はわたしの父とは認めませんよ、の意思表示と読むべきだと思うのだがどうだろう？

耳大きな一兵卒の亡き父よ春の怒濤を聞きすましいん

（『初期歌篇』燃ゆる頬）

伊藤　大きな耳の一兵卒、という表現はカラダの部位を、そして身分をあげつらっていて、亡き父をリスペクトしているとは思えない。さらに輪をかけて耳澄ますべくもない春の怒涛に耳を澄ますとは？　ちなみに『初期歌篇』燃ゆる頬・森番の中で、この「耳大きな……」の前に置かれているのは〈**そら豆の殻一せいになる夕母に繋がるわれのソネット**〉という歌である。この父と母との扱いの違いが、少年寺山修司の気持ちをよく表しているとするのは、間違いだろうか？

かぶと虫の糸張るつかのまよみがえる父の瞼は二重なりしや

（『初期歌篇』燃ゆる頬）

伊藤　「ひっぱれる糸まっすぐやかぶと虫」この高野素十の句を元に作られたものので、父の瞼は二重というのは、作者にとってさほど意味のあるフレーズではないのではなかろうか?

大橋　かぶと虫に、父親を思い出し、その瞼は、二重かどうかと思っている姿は、後の強い憎悪はまだ感じられない。しかし、よみがえるのは、つかの間であることとは、何かを暗示しているかもしれない。

蝶とまる木の墓をわが背丈越ゆ父の思想も超えつつあらん

（『初期歌篇』燃ゆる頬）

伊藤　これに似た歌が『空には本』のチエホフ祭の中の〈**向日葵は枯れつつ花を捧げおり父の墓標はわれより低し**〉。その歌の予兆として詠われたのがこの歌であろう。この歌は『寺山修司全歌集』の一九五七年以前　高校生時代『初期歌篇』で紹介されているのだが、その後、心でも身体でも父越えの歌が並ぶことになる。そして、その寺山さんの「家出のすすめ」に呼応して、わたしを含め多くの青年が寺山さんの後を追って、東京へやって来たのである。

亡き父にかくて似てゆくわれならんか燕来る日も髭剃りながら

（『初期歌篇』燃ゆる頬）

伊藤　髭剃りながらということは、鏡に自分の顔は写っている。燕来る日で、一年が経ったことを自己確認しながら、父がいなくても確実に大人になってゆく自分を見つめている少年の父越えの歌である。

大橋　考え方がこれだけちがってきているのに、血のつながり故か、顔や姿が似ていることへの苛立ちがうかがえる。

空を大きな甕のごとくに乗せてくる父よ何もて充たさんつもり

（『初期歌篇』十五才）

伊藤　「十五才」というくくりの中で詠まれたこの歌。空を大きな甕に見たててやって来る父よと、呼びかけて何を一体その甕に詰め込もうというのか？　大人になるというのは、そういうことではないだろう。こうやって、ああやって……夢一杯の寺山修司にとって、何が不満かといえば、それはもう絶対に父の不在。その思いがひしひしと伝わってくる歌である。ちなみに、この「十五才」の章で三十八首中十一首に空という言葉が使われている。若き日の寺山少年にとって父の不在をカバーしてくれたのは空だったようである。空は無限。それが寺山さんの心をときめかせたのだろう。

おわりに

寺山修司の「家出のすすめ」に呼応して上京。

寺山さんに、憧れ「天井桟敷」の芝居を見続け「早稲田短歌会」に入って、短歌を作り、大学2年生のときの「早稲田祭」に寺山さんにお願いして早稲田大学の16号館で講演会を開催した。寺山さんの前座をつとめてもらったのは、早稲田短歌会のわたしの先輩である福島泰樹さんだった。

そのとき、「天井桟敷」で寺山さんは〝観客参加の演劇〟を提唱していた。

その話を聞きながら、その頃、千葉県の西船橋駅前にあったストリップ劇場へ通い詰め

ていたわたしは、

「お客さんが舞台に上がり、女優さんの肌に触れてもいいんですか？」

おバカな質問をして、寺山さんをあきれさせた。

で、講演会の後、寺山さんが短歌会、詩人会、俳句会の共同の部室である、学生会館の〝27号室〟へ行きたいと言われ、案内したところ、落書きがあちこちに書かれ、ゴミがちらかるその部室を、なつかしそうに眺め、

「相変わらず雑然としているね」

そんな言葉をかけてもらった、ことを覚えている。

その後、短歌一筋。だったら、わたしの人生はちがっていたかもしれない。

だが、そうではなかった。わたしは、寺山さんの競馬予想にたびたび出てくるトルコ（嬢）のモモちゃんに、興味を持って、そのモモちゃんを探して、日本の風俗街を取材する突撃風俗ライターとなり、１９８８（昭和63）年、俵万智さんが『サラダ記念日』を出すと、私自身が取材したソープ嬢になりきって短歌を詠み、伊藤裕作歌集『シャボン玉伝説』（ブロンズ新社）を上梓する。

その後も、トルコのモモちゃんを追って、日本中の風俗街をカラダを張って取材し続け、風俗ライターとして『風俗ルポ　昭和末年のトルコロジー』『愛人バンクとその時代』『寺山修司という生き方　望郷篇』『風俗のミカタ　1968―2018　極私的風俗50年の記録』（ともに人間社）を上梓する。

そして、2020年に人間社から『心境短歌《わたくしたんか》　水、厳かに』を出して風俗ライター引退を宣言するも、多くの友人から「好き勝手なことをやってきて、引退？　甘ったれるにもほどがある」と自己批判を求められ〝そんじゃ、わかった。死ぬまで風俗ライター〟宣言をして現在に至っている。

なお、還暦を過ぎて浄土真宗系の大学で、本気で僧侶になるための勉強もしたのだが、その世界は勉強しただけでは僧侶にはなれないことがわかり、仏の道は断念。俗世を生き続ける決意を固める。

そして2016年から、わたし的に言うと、

「この世にいながら、あの世にいるような夢を見させてくれる」

頭領、桃山邑が率いた「水族館劇場」の制作を手伝うようになり、頭領が一足先にあの

世に旅立ってしまった後も、この世であの世の夢が見られるのはこの一座。との思いで、現在に至っている。

思えば、この『寺山修司　母の歌、斧の歌、そして父の歌』を出すことで、もう「父ちゃんの豚め」と言って片意地張って生きる必要はなくなったわたしである。

だから、いや、だったら、あとは余生だ。

よ〜し、よせばいいのにと思われたっていい、これから先は、この世から、あの世見つめて五七五七七、歌を詠って長生きするさ……。

伊藤　裕作

論考◉寺山修司歌論ノート

流山児　祥（役者・演出家）

はじめに

２０２３年は寺山修司没後40年の年である。歌人でわたしの友人である伊藤裕作さんから、寺山修司の短歌から「母の歌」「斧の歌」「父の歌」の歌論を上梓するので、「流山児さんの気になった歌」をいくつかピックアップして小論を書いてくれないかという依頼があった。去年の秋ごろであった。短歌や詩など全く知らないし、解らない門外漢のわたしには到底無理、と即刻辞退した。

だが、裕作さんは諦めてくれなかった。ビンボー演出家に、美味い酒と肴を食べさせて戴く度に「歌論」へのお誘いは続いた。というわけで、長い宿題をもらって4か月あまり、寺山さんの「母の歌斧の歌父の歌」を漫然と眺めていた。だが眺めていても、何かコトバが出るというものではない。

そんな2023年の2月『血は立ったまま眠っている』という寺山修司の1960年の長編デビュー作を若い演出家、若い俳優たちと協働製作した。プロデューサーのわたしは50歳近い年下の若い役者達と戯曲を巡って熱い討論を重ねた。現代口語演劇しか知らない20代～30代の演劇人との協働作業は予想を超えて難航した。

わたし自身『血は立ったまま眠っている』は1990年代から2008年の〝SPACE雑遊〟開場公演まで4回上演している。とりわけ、渋谷ジァン・ジァンファイナル公演が最も記憶に残る公演であった。解体中で廃墟と化したかつての劇場空間に、西洋便器一つのセットでジァン・ジァンを若い役者たちは縦横無尽に走り回ったものである。

討論の果て、若い演出家・三上陽永と役者・スタッフたちは難解なものへの挑戦、現実への怒り＝焦燥感を根底に据えた、閉塞《ここ》からの「集団脱出劇」という劇場空間そのものを床屋と公衆便所と倉庫に変え「体験する劇」へと変容させた。これが、今までにないまったく新しい『血は立ったまま眠っている』を誕生させた。60年前の寺山修司の言葉が、瑞々しく輝きだしたのである。

わたしたちは没後40年企画第二弾として、高齢者劇団「シアターRAKU」5月台湾公演に向けて1978年の映画シナリオ『くるみ割り人形』を脚色・演出中である。それにしても寺山修司のコトバと格闘して40年の月日が流れた、長ーい付き合いである。

そんな稽古中、息抜きに寺山さんの短歌を詠むのもいいか、と思い「声」に出して詠んでみた。そうしているうちに、わたし以外の評者はその道のプロらしいので、アングラ役者の動物的感性というか、「肉声」で発してみた感覚で妄想の自動筆記で書き散らすのも一興という気分になった。えーい、ままよの門外漢の歌論である。

『寺山修司　母の歌、斧の歌、そして父の歌』は、伊藤裕作さんによると母の歌50首、斧の歌（父を斥けるうた）10首、父の歌38首で、母対父、ほぼ同首とのこと。うーん、抒情の文学少年〜少年期・青年期の寺山修司の「謎」の一部を「短歌」から見出す「短歌劇場」か？下手なアングラ演出家に、そんな謎など解けるはずもないがやってみることと相成った。

ということで、歌の見世物小屋に入ってみるとする。短歌「田園に死す」や詩「地獄篇」の情念的で土着的な世界ではなく少年時代・青年時代の寺山修司の歌なら、まだ、わたしなりの素直な感想は書けるかもしれない。伊藤裕作さんには申し訳ないが「父の歌」「母の歌」「斧の歌」は3首だけでご勘弁いただこうとおもい3日間で、書き上げた。

寺山修司の短歌世界の物語性の豊かさは読む人に様々な想像力を掻き立てる。物語性をこめること自体が、その時代の、その社会の、ニンゲン存在のメタファー（暗喩）になっているのだから面白いのである。詠む人によってさまざまなニンゲンドラマを愉しめるというわけである。

およそ『血は立ったまま眠っている』（1960年）から『田園に死す』（1974年）までの時代に書かれ寺山修司の物語としての短歌世界。物語と想像力が奏でる「短歌劇場―母の歌、斧の歌、そして父の歌」の開演である。

★寺山修司の【父の歌】～父を還せ～

寺山修司は「父のない子」である。父・八郎は修司5歳の1941年応召出征、1945年9月セレベス島で戦病死している。戦死でない、そして死んだのは敗戦のひと月後である。

敗戦後、妻・寺山はつは親族の反対を押し切って三沢の米軍基地に勤めはじめる。修司は、はつの弟・坂本繁太郎夫婦に育てられることになる。叔父は青森の映画館・歌舞伎座を経営。少年修司は思春期の少年時代の6年間、映画や大衆演劇の一座を身近に見て育っていく。

石川啄木に憧れる孤独で早熟の文学少年になった寺山修司は、親友・京武久美氏の証言によると「野っ原に一人転がり友もなし欠伸のつぎの広き大空」と書く中学生であったという。俳句から短歌へと進み、独特の映像的表現に加えて映画的編集とジャンルを超えた旺盛な知的好奇心で独自の歌世界を展開してゆく。コトバを絵のように張り合わせるコラージュ、シュールレアリスムの手法で独自の「編集短歌」を書き連ねてゆく。

少年修司は1954年「短歌研究」で特選に選ばれ「チエホフ祭」で文壇デビューする。ちなみに、原題は「父還せ」であった。あらゆる意味で少年修司は「青い種子は太陽の中にある」（ジュリアン・ソレル、1954年）という「平和と民主主義＝戦後の子」であり「太陽の子」であった。そしてこの年、原爆映画「ゴジラ」も公開されている。

1954年にネフローゼを発病、1955年から1958年夏頃まで、3年にわたって入院生活を余儀なくされこの病によってその後、肝硬変を患ったともいわれている。生活保護を受け、困窮の入院生活中にも作歌活動を続け、青年修司は1958年入院中に編集を終えた第一歌集『空には本』（的場書房）を出版する。

「チエホフ祭」1954年

●作文に「父を還せ」と綴りたる鮮人の子は馬鈴薯が好き
●音立てて墓穴ふかく父の棺下ろさるる時父目覚めずや
●亡き父の勲章はなお離さざり母子の転落ひそかにはやし
●亡き父にかくて似てゆくわれならんか燕来る日も髭剃りながら

（1957年以前・高校生時代）

劇作家・高取英とわたしは、一緒に母・はつさんの以下のようなコトバを三軒茶屋のご自宅で直に聞いたことがある。はつさんは「父を帰してほしい、わたしの夫を帰してほしい　修ちゃんの父を帰してほしい　だれが戦争なんか始めたんだ　わたしは国なんか嫌いだ　政府も嫌いだ」と言った。

母の思いを自分自身の思いとして「鮮人の子」というカタチで書き連ねている痛切な歌が寺山の原点である。この「鮮人の子」は、寺山が青森市の野脇中学で出会う無二の親友の京武正美を擬したもの、という説もある。

京武の俳句『父還せ空へ大きく雪なぐる』を、『父還せランプの埃を草で拭き』（「われに五月を」）と改句し、さらに短歌にしたのがこの歌という説はあながち間違っていないと思う。では、「馬鈴薯が好き」とは？　この際、不問にしておく。『血は立ったまま眠っている』では芋が名産の土地で育ったテロリストに憧れる少年・良が登場する。

わたしは2020年8月、高取英追悼公演として彼の戯曲『寺山修司―過激なる疾走』

を上演した。創作中、劇作家・高取は寺山の描く「父＝国家」のイメージを再認識し、「失われた父」の復讐としての「反大日本帝国」の家族のドラマとして演出した。

わたしの妄想では、この歌は石川啄木と大逆事件、そして朝鮮人虐殺の関東大震災の「鮮人」と繋がるイメージもある。戦争によって父を殺された同時代の「父のない子」の最大公約数の歌と読んでおく。「墓穴深く下ろされた棺」、父が目覚めたら、という昏い熱情。「父の勲章」が「母子の転落を密かに囃す」さまも、黒い喜劇である。

醒めた虚無感漂う少年修司の世界観。寺山作詞の「戦争は知らない」の♪戦争の日を何も知らない　だけども私に父はいない　父を想えばああ荒野に　赤い夕日が夕日が沈むの反戦歌とは好対照である。

寺山修司は「チエホフ祭」で短歌研究新人賞を獲る。中井英夫氏がこの3つの歌を当初、選んでいないというのも肯ける。パッチワークで「己れ」を隠し続ける「かくれんぼの鬼」の少年修司。つまり、これは自己なき男（テラヤマ）の「亡き父」との対話劇なのだ。

●父葬りてひとり帰れりびしょ濡れのわれの帽子と雨の雲雀と

「びしょ濡れの帽子と雲雀」のありさまが、実に映像的で、日活青春映画のワンシーンのようにも見える。実にセンチメンタルな青春映画。泣かせる歌謡曲文体。「ひとり帰れり」と自分自身を描写、父の葬式で悲しみのド真ん中にいる少年の哀切が歌謡曲映画のように漂う。

「葬り」「びしょ濡れ」「われ」「帽子と雨と雲雀」といった言葉が響き合い、「父の不在」の物語がメタファーに変容して、戦後の風景がわたしには蘇る。すでに昭和の「少年啄木（修司）」は独自の歌世界を確立しているようである。

●セールスマンの父と背広を買いにきてややためらいて鷗見ており

『血と麦』１９６１年

●さむき川をセールスマンの父泳ぐその頭いつまでも潜ることなし

「老年物語」

●すでに亡き父への葉書一枚もち冬田を越えて来し郵便夫

寺山の父は青森県警の警察官で特高の部長刑事だった。出征当時修司5歳まで5度の転宅を繰り返している。9歳の時、すでにセレベス島で死んだ父を「セールスマンの父」に見立て、背広を買いに来る親子、もちろんすでに死んだ父とは対話できない。

そんな親子は「鷗」を見ているばかりという寂しい光景である。亡き父への思いと自分へとつながる血の流れ　**●書きとめしわが一瞬を老かもめ**　なんて句もある。また、浅川マキに書いたヒット曲「かもめ」♪おいらが恋した女は　港町のあばずれ　いつも　ドアを開けたまま着替えする　男達の気を引く　浮気女　かもめかもめ　さよならあばよ　なんて歌もある。そして、アントン・チェーホフの戯曲『かもめ』のイメージも足せば自由奔放とか人間の解放などのというメタファーにも行きつくのである。

また、鷗《カモメ》からは、寺山の一生を貫いている「一所不住＝自由へ」の放浪のイメージも抱く。家を持たずアパートに住み続け、演劇実験室◉天井桟敷を率いて世界を放浪したボヘミアンとしての寺山修司。

「セールスマン」というコトバからアーサー・ミラーの名作戯曲『セールスマンの死』（1949年）を連想した。『セールスマンの死』は、年老いた63歳のセールスマン、ウィリィ・ローマンとその「家族」の崩壊の物語である。自立出来ない2人の息子「過去の幻影」にさいなまれるローマンは、誇りを持つ仕事まで失い自殺する。ローマンの保険金で家のローンが完済したコトを語る妻の独白でジ・エンド。日本初演は1954年劇団民藝、滝沢修主演で大ヒットした舞台である。これ案外、的外れではないかも？

1961年に『血と麦』を上梓したとき寺山はすでに『白夜』『血は立ったまま眠っている』の戯曲を書き上げ演劇界の新人であった。母子家庭の寺山だが、かつてあった「家族の物語」を綴ったのだ。「すでに亡き父」戦地の父（？）へ出した手紙が帰ってくる。それも「たった一枚」の葉書を「ぼくのための郵便夫」が冬の雪に覆われた「田んぼ」を「歩いて」やってくる。昏《くら》い映像詩である。

わたしには「郵便夫」はゴッホの絵に出てくる郵便配達夫・ジョゼフ・ルーランの肖像画が浮かんできた。ゴッホの生涯を描いた三好十郎の名作戯曲『炎の人―ゴッホ小伝』が文化座によって初演されたのは1958年である。寺山修司はこの時代、演劇界にデビューし様々な演劇的なるものを渉猟していたことは容易に想像できる。

「映子を見つめる」

●乾葡萄喉より舌へかみもどし父になりたしあるときふいに

「蜥蜴の時代」

●父の年すでに越えおり水甕の上の家族の肖像昏し

●鷹追うて目をひろびろと青空へ投げおり父の恋も知りたき

●甲虫を手に握りしめ息あらく父の寝室の前に立ちおり

1960年は寺山にとって個人的にも特筆される年である。1963年に結婚する九條映子との出会いの年であり映画・演劇といった芸能・芸術界へと越境する年でもある。日本社会は60年安保闘争の真っただ中。劇団四季の『血は立ったまま眠っている』初演、当然、映子は観劇している。

恋の時代の「父の歌」は、優しさに満ちている。実にエロチックで、それでいて自らの「父性」への欲望も「あるときふいに」と素直でむき出しだ。「乾葡萄喉より舌へかみもどし」の下りは自らシナリオを書いた映画『乾いた湖』や『血は立ったたったまま眠っている』のセックスシーンやレイプシーンを匂わせる性描写だ。甲虫を握りしめ、父母の性行為の現場を「息荒く」覗き見する少年修司。

少年修司には「父の出征の夜、母ともつれ合って、蒲団からはみ出させた4本の足、赤い襦袢、20ワットの裸電球のお月さまの下でありありと目撃した性のイメージ」（『誰か故郷を想はざる』）がある。寺山は、はつが春本を持っていたと書き、挙句の果てには「彼女のハツに指を入れた。すると、ハツはあれ、と悶え」と自らの母を歌や芝居に登場させている。

自らの劇団活動設立一歩手前にベストセラー『家出のすすめ』を世に出す。ジャンルを超えクロスオーバーすることによって時代の煽動者へと変貌する知の巨人・寺山修司誕生前夜の歌である。少年少女たちに真の自立のススメを説く寺山。明治以来の「家」の論理ではなく「個」と真の自我の確立を目指せば「家」を捨てるのは当然、その当たり前への煽動は時として「不道徳でエログロ」として波紋を呼ぶのは必然。

ラジオドラマ『大人狩り』事件。子供たちが「子供解放」を叫び、大人たちを収容所に入れるというラジオドラマがスキャンダラスな話題となる。過激にアジテーションする寺山は映子と恋をして、結婚し「父」を目指す？

が、結果的には離婚、その後再び一所不住の世界へと向かう。寺山は「一家族」ではなく煽動する詩（アジテーション）を武器とすることをえらび「父」ではなく「テロリスト＝革命家」の道を選ぶ。寺山修司は１９６１年「鷹追うて」父を追って「目をひろびろ」と見わたし「父の恋も知りたし」という牡《オス》になったのである。

わたし自身、父が労働運動のため東京に単身赴任していたので、少年時代は、ほぼ「父のいない子」であった。15歳で千葉県の流山市に引っ越し同居したが、父と子の関係はどことなくギクシャクしたものであった。23歳でアングラ劇団を始め、おまけに結婚した１９７０年、父は57歳で急死した。想えば父との対話はほぼなかった。日中戦争の加害体験が深く父の中にあり、定年後の日中友好の仕事を準備していたことを知ったのは死後のことである。寺山さんの「父の歌」を詠みながらわたしの父の57年の生涯を想った。

寺山の根幹にある私性の喪失とはなんだろう。一生かけて「完全な死体になる」という諦念は、きっと、不治の病・ネフローゼの体験から生まれたのだろう。「やることはいっぱいあるんだ！」という『血は立ったまま眠っている』のラストの台詞がわたしには寺山の「生」への痛切なメッセージとして突き刺さる。

「父の歌」の根底にあるのは、国歌に殺された父の分も含めた「自らの生への渇望＝執着」である。だからこそ寺山修司は「私は、一日おきに輸血し、月に一度位は危篤状態に陥入るようになっていたが、遺書だけは一度も書いたことがなかった」（『誰か故郷を想はざる』）のである。

●地下水道をいま通りゆく暗き水のなかにまぎれて叫ぶ種子あり

アンジェイ・ワイダ監督の1956年の映画『地下水道』のタイトルを枕にした瑞々しい叛逆青年の歌。『地下水道』は1944年7月ポーランドのワルシャワを舞台にしたレジスタンス運動の悲劇を描く名作。地下水道の闇の中、汚物まみれの地下水道から光を求めて彷徨う青年。人間的な弱さ、卑怯さもボロボロに描いた密閉空間のリアルな「暗き水の中」のニンゲンドラマを思い描きながら、わたしはこの歌を詠んだ。

そして、少年時代に観た、アンジェイ・ワイダの1958年の映画『灰とダイヤモンド』を、何十年かぶりに見直した。『灰とダイヤモンド』はドイツ降伏直後のポーランドを背景とした映画。戦前はパルチザン（反ナチス）、いまはロンドン派（反ソ連）の抵抗組織に属したマチェクというアナーキーな青年の悲劇。寺山修司は最もアナーキーな稀代の煽動者《アジテーター》へと成長していくのである。

この短歌を書き連ねた1960年初頭、青年寺山は世界の映画界を一世風靡した名優・ズブグニエフ・チブルスキー演じる青年・マチェクに憧れていたのである。戦前は反ナチス、戦後は反ソ連で戦うテロリスト・マチェクの姿は寺山がシナリオに書いた『乾いた湖』や『血は立ったまま眠っている』の世界と通底している。六〇年安保闘争のデモに行こうとする劇団四季の若者をぶんなぐって「俺の芝居が世の中を変える」という青年修司は「爆弾」を投げるテロリストの芝居を書き上げたのである。

「私はこの6月（日米安保条約改定）の不幸な歴史の傷跡を、他の人たちと頒ちもってるが、実践者にならないからいま芸術家なのだ、というくやしさと誇りをもっている」（『血と麦』）

もう一度1958年10月「青い種子」の天才少年歌人の昏い「生への希望」が生み出した歌の数々を、詠みかえしてみよう。

すると、そこには「言葉の達人寺山修司」がいるのである。50年以上前、当時23歳で演劇団というアングラ劇団を立ち上げたばかりのわたしに寺山さんから電話があった。そして、渋谷の喫茶店でホンモノの寺山さんに会った。寺山さんは「ぼくは言葉のプロなんだよ」と、笑顔で言った。そして初対面のわたしに「きみは演劇で革命ができると思うか」と聞いた、わたしは「もちろん演劇で革命ができると思います」と真顔で答えた。

★寺山修司の【母の歌】～エロスの根源、想い出の捏造～

寺山の母の歌のほとんどは少年期から青年期に詠まれたものである。青年時代を経て、

30歳を過ぎると、父の歌を詠みはじめている。「不在の父」の再生ドラマといった趣である。よくは知らないが俳句や短歌の創作の基本には「私性」があるといわれている。しかし寺山の歌では「私性」は消失し、虚構の物語性を立ち上げる歌人であることは読んでみてわかった。吉本隆明氏いわく「短歌の物語性と比喩性の二つを極限まで重ね合わせている」のである。寺山自身「私は母について多くのことを書いてきた。とくに、少年時代の歌にはそれが多く、思い出を捏造する習癖」で歌を書いていると記している。

映画『田園に死す』に観られるごとく「過ぎ去ったことは全部虚構なのである」そして「個の記憶の一切は比喩であり他国の出来事である」。メタファーであり同時に「母の物語」をわたしたちは青年期の歌の中に観ることができる。

「母の歌」もまた、劇的想像力の力で、肉《み》は燃える、血は冷える泉鏡花と永井荷風の「四畳半襖の下張り」を同衾させた歌世界、加えてロートレアモンの「マルドロールの歌」までコラージュされているので、読み解くのもこれまた、一筋縄ではいかない。

24歳で夭折した伝説の詩人ロートレアモンの「解剖台の上のミシンと蝙蝠傘の偶然の邂逅のように美しい」の実践。このシュルレアリスムの「デペイズマン」なる手法、つまり何の脈絡もないコトバを一見支離滅裂にコラージュし、敢えて突き放すことで歌を詠む人を一瞬思考停止させ、常識的な理解ではない想像力の世界にいざなう歌を寺山修司は「母の歌」でも青年期になると繰り広げる。が、「母の歌」は総じて難解ではなく母への愛憎の歌である。後期には、友人でもあったスペインの劇作家F・アラバールの『建築家とアッシリアの皇帝』の影響か近親相姦、親殺し、カニバリズムというタブーが蜃気楼のように背景に浮かび上がるのは穿ち過ぎか。

「砒素とブルース」

●老犬の血のなかにさえアフリカは目ざめつつありおはよう、母よ
●剃刀をとぐ古き皮熱もてり強制収容所を母知らず

「老いた犬」「血」「アフリカ」というメタファーがリアルな「おはよう」という声でドスンと「母」の存在《リアル》に収斂してゆく不条理劇。目覚めつつあるアフリカとは？　アフリカの反植民地の独立闘争……それとも戯曲『コメット・イケア』に出てくる「愛」を喪失した妻の語るケニアのホテルの夢か？　少年は、母からの独立を目指しているのかもしれない。突如「おはよう」という日常が襲ってくる不安定な歌である。

『血は立ったまま眠っている』の劇中、床屋が靴紐売りの南小路という自称男爵の喉に剃刀をあてて言う台詞は以下のごとく。

それはお前、俺を信用してないからだぞ。なあ、南小路。俺は近頃ふと思うんだがな。だんだんこうご時世が悪くなってくると床屋が増えるんじゃないかと思ったりしてね。町中の男という男がみんな床屋になってしまったらどうだろうね、と、ぞっとすることがあるんだよ。朝、店のあめん棒がクルクル回りだす。無論、町中の全部の家の前でだ。客は一人もいない。男たちはめいめい鏡に向かって自分の首を剃り始める。自分さえ信用できなくなったヤツはヒョイ、スパリ！だ。な、南小路。信用が何より大事な世の中じゃねえか？

悪夢のような妄想を嬉々として語るグロテスクだが人間の本質が見える名セリフである。唐十郎はこの劇を見て初期の不条理劇『ジョン・シルバー』で狂気の床屋を登場させ、♪ごらんよごらん、首が飛ぶ、と歌わせた。歌ったのは確か大久保鷹さんだった？　おっと、父のことを書いてしまった。『血は立ったまま眠っている』の床屋の妻は、とっくにこの男を捨てて他人と結婚している。息子の少年は「猫殺し」で父を憎んでいる。物語の中の「父性」が浮かび上がる歌ということで、敢えて脱線してみた。

誰かの首を切り裂く「強制収容所」の中のテロリスト（少年修司）の不定形（アモルフ）な怨念を母は「知らず」。世界の虚無の深淵を覗いた少年修司が剃刀研ぐ「強制収容所」「熱を帯びた皮」となり、そこからテロルの炎が燃え上がる。それを「離見の見」（世阿弥）のごとく俯瞰して見つめる詩人寺山修司の冷徹な眼。寺山修司の歌の中にあるブレヒト的異化効果、それが実に幻想的な映像として立ち上がるのである。

●やわらかき茎に剃刀あてながら母系家族の手が青くさし

「血　第三楽章」

これぞエロスの極地である。裕作さん好みの歌である。「やわらかき茎」はやはり素直にそのものズバリで男根と詠むのが普通にヘンタイだろう。「剃刀あてながら」とくると『血は立ったまま眠っている』の床屋どころの騒ぎではない。「母系家族」の母といいながら実は「母系家族」ではなく男娼《おかま》が拉致監禁している少年誘拐劇と詠むと面白い。これもまた『毛皮のマリー』の世界である。

●起重機に吊らるるものが遠く見ゆ青春不在なりしわが母

「映子を見つめる」

九條映子との恋の時代に書いた「乾葡萄喉より舌へかみもどし父となりたしあるときふいに」に対する、寺山さんの「母への対歌」である。では、青春の渦中にいる青年修司が母の青春不在を歌うといったシンプルな理解でいいのだろうか?

子はわがものという考え方に執着する母・はつ、はつは寺山と映子の結婚に当初反対する。が、無理なら3人で暮らそうと決めるが映子は納得せず、結局寺山が「家出」し結婚。

結婚式にもはつは出席せず、二人の新居に石をなげたり、修司の浴衣に火つけて庭に投げ込んでいる。

高取英の『寺山修司─過激なる疾走』２０２０年上演の時もこのシーンは注目を集めた。とにかく「親を捨てること」を寺山は説き「家出のすすめ」を書き上げた時代にこの歌を書いたのである。起重機・クレーンに「吊らるるもの」は老いた母であり戦後を生きた己れ自身（青年修司）なのかもしれない。

裕作さんの言う如く「映子を見つめる」には寺山の父母に対する葛藤が渦巻いているのは確かである。「父となりたし」と素直に牡の本能をむき出しにしている歌として、**●青春不在の母を遠くにやりながら見やり父になりたしのわれ**　の歌など映子との愛に充たされた寺山修司と読むこともできる。が、これを寺山の本音と詠むとすぐひっくり返されるから危ない、危ない。

「血　第一・三楽章」近親相姦の歌

●時禱するやさしき母よ暗黒の壜に飼われて蜥蜴は　笑う

●泳ぐ蛇もっとも好む母といてふいに羞ずかしわれのバリトン
●わが喉があこがれやまぬ剃刀は眠りし母のどこに沈みし

これらの歌は、近親相姦の歌と呼べる。「泳ぐ蛇」は男性器だし、「われのバリトン」は中低音で、もはや少年の声でない。『血と麦』に登場する母につきまとうのは自由奔放な性的なイメージである。作品にあらはれる母の幻影の、近親相姦に瀕するほどの艶めかしさである。もっと堕ちよと読者としては言いたくなる。「わが喉に」の歌は、**●やわらかき茎に剃刀あてながら母系家族の手が青くさし**　同様の歌だがSM的極地まで行く性の想像力的冒険物語りに見えてくる。「時祷」や教会のイメージが出てくるとわたしには五味川純平原作、小林正樹監督の『人間の條件』が出てきたりした。「瓶の中の蜥蜴」は自由への脱出の象徴。コカ・コーラをのみ父を殺したアメリカの「自由」へとあこがれるアンビバレントな自分、母は米軍基地に勤めている。様々な愛憎が渦巻く歌に見えてくる。だが、妙に時として「静かな時の流れ」をかんじる歌たちである。

「血　第三楽章」

●母よわがある日の日記寝室に薄暮の蝶を閉じこめしこと

そのまんま「薄暮の蝶」。寺山修司の代表作『毛皮のマリー』の美少年に自らを擬した歌である。『毛皮のマリー』は1967年演劇実験室◉天井桟敷第三回公演として美輪明宏主演で初演された。男娼・毛皮のマリーと、応接間の大草原を捕虫網片手に蝶を追いかける絶世の美少年・欣也。この親子の壮絶な近親愛（相姦）と近親憎悪の物語。血脈という近親相姦劇。この劇を詠んだような歌。「薄暮の蝶」＝少年修司が「日記」に記す。「母」が「私」を閉じ込めた。母子の領域を不分明なものにして、それにしてもどう読んでもいい！　という余白がいっぱいある想像力で詠む歌である。

●月日をかく眠らせん母のもの香水瓶など庭に埋めきて

「香水瓶」という自らの「性の体験」からくるコトバがリアルに迫る。

父の棺のごとく母の棺としての「香水瓶」。過去を捨て、消滅させた母は、いまや母ではなく一人の女である。そこには女の情念が迸る歌謡曲的な歌である。怨歌「天城越え」でも聞こえてきそうだが、寺山さんだからやはりシャンソンである。「月日を眠らせる」歴史的時間ではなく「私的な時間」としてのエロス。

「ボクシング」

●田園に母親捨ててきしことも血をふくごとき思ひ出ならず

寺山修司はボクシングが好きだった。ファイティング原田は友人であった。もっとも有名な事件に「力石徹の葬儀」がある。漫画「あしたのジョー」の登場人物の葬儀を講談社で行っている。アニメ「あしたのジョー」の主題歌の作詞も寺山修司、♪あしたきっとある、あしたはどっちだ、が有名なフレーズである。ネフローゼで死を意識した寺山は明日など信じていない「今」しかない、決意で歌ったのだ。「私は、一日おきに輸血『血をふくごとき思い出』をし、月に一度位は危篤状態に陥入るようになっていたが、遺書だけは一度も書いたことがなかった」（『誰か故郷を想はざる』）のである。

「罪」

●混血の黒猫ばかり飼ひあつめ母の情夫に似てゆく僕か

わたしは1989年5月『青ひげ公の城』本多劇場公演の上演許可をもらいに寺山はつさんに会いに行ったとき、高取英と一緒に、若いころのはつさんの写真を見せてもらったことがある。そこに映っているのは米軍基地で働いている母、米兵のジープにのって笑顔の米兵とともにいる若い母の姿があった。

わたしの母は農作業や有明海で海苔取りしていたので実年齢より老けていたが、写真の中の30代のはつさんは美しく、実にモダンな女性だった。黒人兵「母の情夫」のオンリーの子供（混血児）「混血の黒猫」に自らを妄想する少年修司。

この歌を詠んでわたしは今井正監督の1959年の映画『キクとイサム』を連想した。「黒んぼ」と呼ばれる「キクとイサム」は、東北の米軍基地（三沢基地）の黒人兵との日本人女性の間に生まれた12歳と9歳の姉妹の物語である。母親とは死別。祖母が育てている。戦後13年がたった東北の農村が舞台。わたしの頭の中の冬田に張られたスクリーンには占領軍の落とし子である混血児の社会派映画の白黒映画が映し出されている。

『田園に死す』1965年

「恐山」

●売られたる夜の冬田へ一人来て埋めゆく母の真赤な櫛を

もっとも著名な歌の一つである。1974年の代表作・映画『田園に死す』で、八千草薫のモノローグをイメージさせる歌でもある。なぜか、このシーンで八千草薫さんは全裸シーンを演じていない。わたしが監督なら八千草薫さんという大スターに全裸SEXシーンを懇願しただろう。『さらば箱舟』の小川真由美さんも同じである。全裸シーンはなぜか、青森高校の一級上の女優・新高恵子さんが演じた。

「母の真赤な櫛」には日の丸と国家が透かして見え、「売られたる夜」「冬田」に、わたしたちは戦争のイメージを見る。この詩を詠むと、門外漢のわたしにも吉本隆明が喝破した「短歌の物語性と比喩性の二つの極限まで重ね合わせている類例のない達成」というのが肯ける。**●たった一つの嫁入道具の仏壇を義眼のうつるまで磨くなり**　のシュールな映像的表現をみても虚構を超えた「世界の暗喩《メタファー》」となっている。微細な「おんなの世界」が巨大化する。切り取られる個的世界が宙吊りされ陳列される。肉《み》は燃え、血は凍り、土に還る！　である。国家もニンゲンもまた創世記以前に立ち返り原子となるのである。

★寺山修司の「斧の歌」～父を斥ける歌～

最後はもう一度、少年修司の短歌デビュー作刊行の時代に戻ろう。面白いことに気が付いた。わたしの妄想だがこの時代の少年修司のどこかにジェームス・ディーンの影を見た。寺山修司がもっとも影響を受けたロートレ・アモンとジミーはともに24歳の若さで夭折している。『理由なき反抗』『エデンの東』『ジャイアンツ』の3本の映画を遺し１９５５年9月死去。この年、寺山修司は19歳、ネフローゼの病で倒れ、新宿・社会保険中央病院に、生活保護法で入院。戯曲第一作『失われた領分』を書く。

『空には本』 1958年

「冬の斧」

●路地さむき一ふりの斧またぎとびわれにふたたび今日がはじまる

冬の路地で「一振り」の「斧」＝父を斥け撃退して、真に自立して生きる決意をした「今日」が始まった。だが、この歌にはアクションがある。

●冬の斧たてかけてある壁にさし陽は強まれり家継ぐべしや

父の象徴であった斧（過去）を壁に刺し、太陽を受けながら「家を継ぐ」家族の中心となることを決意した少年修司。「私性」をぶち破るのは「太陽」そのものである。

「直角な空」

●冬の斧日なたにころげある前に手を垂るるわれ勝利者ならず

「冬の斧」という父の幻影に勝たねば「勝利者」になることはできない、と決意しながらも「父」の幻影を殺すことのできない少年。映画『エデンの東』や『理由なき反抗』の映像を思い起こさせる文体。ジェームス・ディーンの父への一撃が見えてくる。「殺意」や「憎悪」の根拠なんかいらないんだよ。勝利者になるより今すぐ街に出ろ！　といいたくなった。

最後に

この原稿を書くため、じっくり寺山さんのことを考えることができた、また、わたしはもう「少年」の心で歌を詠むことのできなくなってしまった「老年」のわたしに愕然とした。ここまで読んでくると、この少年時代の歌はテペイズマン手法の妄想的直観力で詠むことは不可能である。でも面白かった。寺山さんが言うごとく、「どんな鳥だって想像力より高く飛ぶことはできない」のである。寺山短歌と映画演劇を思い浮かべた何日かであった。こんな機会を作ってくれた伊藤裕作さんに感謝したい。

解説◉たかが、されど、左様なら（ば）寺山修司

大幡　和平（編集者）

初めに、言《ことば》があった。言はひとりの詩人のうちにあった。
詩人は父と母と家によって作られるはずであった。
大鳥が来る日、世界は滅ぶ。大きな鳥を見て詩人は鷹と呼んだ。
鷹はひと枝のひこばえを咥えて還って来た。
母は罪を犯して故郷を捨てた。
詩人の心は下北半島の斧によって分断された。
詩人は成長し、天と地に想像力の雨を降らせた。

ひと粒の種が芽吹き、多くの枝葉を茂らせ、青い森となった。
やがて書物の森を疾走する詩人のもとへ多くの少年少女が集まり始めた。
皆兄弟姉妹であった。それを見て詩人は由しと言った。
十五歳五月、詩人は不完全な死体で生まれ、
四十七歳五月、詩人は完全な死体となって言絶えた。

一本の樹の中にも流れている血があるそこでは血は立ったまま眠っている

このような「詩人物語」を書いたのには理由がある。寺山修司が亡くなるや待ち構えたように、2か月後にはもう新書館からペーパームーン寺山修司追悼特別号『さよなら寺山修司』が出版された。区分けされた短歌の項を国文学者・松田修氏が評論し、寺山を「言語の荒野を駆けた流離の騎手」と位置付けている。全文を引きたくなるほどに秀逸で、40年前に気に留めもしなかったことが悔やまれてならない。最後の段落でさりげなく「今ふと気づいたのだが、寺の横に言篇がついて詩となる。寺山の『才』の性格、その生涯を思

い合わされるではないか」と結んでいる。その論で言えば、わたしは「シュウジ」にも着眼したい。音声を擬えば「修辞」となる。レトリックをもって〝ことば〟を呪術のごとく操る稀代の短詩系詩人として、この世に誕生したということではないだろうか。

さて、本題に入ろう。

本書は寺山修司が書いた（＊寺山にとって短歌は「詠む」のでなく「書く」ものであったように思われる）短歌の中から編著者の伊藤裕作さんが直截的な母の歌50首、同じく斧の歌10首、父の歌38首を撰歌し、同好の士に鑑賞・解説を求めたのが企画の経緯である。そのうち大橋信雅さんは母の歌23首、斧の歌7首、父の歌15首に共鳴し、藤原龍一郎さんは母の歌5首、斧の歌4首、父の歌6首に評釈を寄せた。一方、青池憲司さんと流山児祥さんは企画趣旨には賛同するも、煩雑になるであろう編集を見越してか、それぞれ単独稿を執筆し、どう配列したものか思案にくれもしたが、むしろ大いに助かった。必然的に巻頭と巻末に配置せざるをえない。青池さんの原稿は映画監督よろしくモンタージュ、流山児さんは演劇人らしく抒情の文学少年・青年期の寺山修司について回る最大の謎「父・母・家」を短歌から見いだす「短歌劇場」仕立てとなっている。短歌界に属さないふたりゆえに、寺山短歌を読む視座は実にやさしい。解放と自由に満ちた寺山短歌がいっそう引き立ち、味わい深く読み解けて愉しくもあるが、どうだろう。

伊藤裕作さんの自伝を紐解けば、テラヤマフリークを自認し、早稲田入学と同時に「早稲田短歌会」に入会し、憧れの寺山修司に倣って短歌作りに励んだとある。大学卒業後も定職に就かず、フリーランスのライターをして糊口をしのぎながら短歌習作の日々を日課とした。近年は結社に依らず先輩歌人・福島泰樹さんとの交流を深めている。福島さんは短歌絶叫コンサートで有名、レパートリーに「寺山修司追悼　望郷」がある。

裕作さんには『シャボン玉伝説』（ブロンズ新社）と『心境短歌《わたくしたんか》　水、厳かに』（人間社）の2巻の先行歌集があり、「寺山修司」を想起させる書は本書を加え4巻を数える。

某月某日、裕作さんは携帯電話の向こうで呟いた。

「父の享年を越えた。いい加減、父に抱いていた積年の確執を断ち切りたい」

「寺山の言葉に『下北半島は斧の形に似ている』というのがあって、ぢ〜っと眺めていたら『父斤ける』と読めるじゃない。父の下は斤だから僕の錯覚錯誤。でもそのとき、思ったねぇ。そうか、斧は父を斥ける道具なのだ」

さっそく斧の歌10首を拾い出した。これが寺山修司の永遠の謎とされた「父不在・父喪失・母捨て・母殺し」を解く鍵となるだろうか。その判定は読者（読み手）に委ねられる。

裕作さんの〝父親像〟はいかなるものであったのか。「ある意味、戦争被害者と言えるだろう。戦後の新しい時代に馴染めず僻みながら屈折したまま死んでいった。ああいう男で終わりたくはない」と複雑な境地を吐露する。

寺山修司短歌「母の歌」「父の歌」を解明する試みは、「斧の歌」を俎上に挙げたところに新しい視点がある。それは虚実ないまぜの寺山評伝とは一線を画するものだ。寺山修司と父・母の関係性は生前寺山が苦楽を共にしていた人たち――寺山はつさん、九條今日子さん、寺山（森崎）偏陸さん、高取英さん、田中未知さん、郷土・青森の肉親たち――の発言で明らかにされている。その真偽を確かめて何になるというのだ。ことに定型を重視した俳句や短歌はもちろん、寺山修司が紡ぎ雑纂した詩編は別格で素直に絵画を観るごとく音楽を聴くごとく鑑賞するがよろしい。裕作さんやわたしがバイブルとした『家出のすすめ』に対しても御託を並べず諂わず恐れず全幅の信頼を寄せたのではなかったか。

その上で20年前、つまり寺山没後20年の折、わたしは寺山修司との別れを確信し、「五月の書物」という個人蔵書放出フェアを名古屋の詩歌専門書店「書物の森」に併設するギャラリーで開催した。そのとき、わたしはどうしてテラヤマ本に興味をなくしてしまっていたのだろう。考えてみれば寺山死後に出版される追悼集やら評伝、文学論にひと通りは目を通していたが、どれもこれも寺山の〝ことば〟の上前をはねているように感じられ、しだいに寺山像が色あせてきた。15の時から50を過ぎてなお、いつまで寺山の影を追い続けるのか、虚しさは未練を生む。これからは「人間・寺山修司」が研究対象の時代になると予感して、「国際寺山修司学会」の立ち上げに一時期かかわったこともあるが、それも今となっては過ぎたこととなってしまった。

伊藤裕作さんの常套句ではないが、「寺山さんの『家出のすすめ』に煽られて上京」は、わたしでもある。裕作さんは早稲田に進学して短歌と芝居に夢中になり、風俗ライターを生業とする傍ら、戦後の娼婦と小説家をテーマに比較文学論を社会科学見地から展開するという偉業を成し遂げた。わたしは少年の頃、詩人に憧れ、萩原朔太郎と中原中也が好きだった。関連でニーチェを読み、「神は死んだ」の正体が知りたくてドイツへ行きたいと思った。思っただけで、あっさり高校へ進学すると時代は学生運動の最中だった。生徒会、べ平連、全共闘、家出、高校卒業前に天井桟敷入団したけれど（通り過ぎただけ）、それだけのことで、その後のわたしについては封印しておこう。思い出だけを懐かしく生きることもできたはずなのに、寺山修司の影が現れると、つられるようにその影について行きたくなる。

伊藤裕作さんもまた寺山修司の影を追い続けているひとであった。高校の2年後輩と裕作さんは明かすが、裕作さんと面識をもったのは裕作さん63歳、わたし61歳と還暦過ぎてからである。それは40年間音信不通の〝瞼の兄〟との再会を果たしたようなもので、感動的だった。こうして裕作さんはわたしに、ふたたび寺山修司の灯をともしてくれた。

本書をもって、わたしはふたたび文字通り肉を持つ寺山修司に別れを告げよう。寺山修司の詩情は殉情に溢れている。

言《ことば》によって　修辞《レトリック》とともに　父と母と子の交わりの中で
人生の旅　幻影である想像力の源に　すべての生と死は　世界の涯てまで

【跋にかえて】

青池さん、流山児さん、大橋さん、それに藤原さん、高橋（大幡）さん。

皆さんの力を借りて、どうにか、わたしなりの「寺山修司論」形を整えることができました。本当にありがとうございました。

もしかしたら、一人で「寺山修司論」書いた方がよかったのでは、と思っている方がいらっしゃるやもしれませんが、寺山さんって、一筋縄ではいかない人です。6人がかりで、ともかく寺山さんの「母の歌」「斧の歌」「父の歌」約百首を読み解くことができただけで、わたし的には満足です。

これで十分です。
まだ完璧じゃないって？　当たり前です。でも、それでいいのです。
だって、寺山さんがなくなって、今年で40年。
みなさん、寺山さんの、あの言葉を思い出してください。

百年たったら帰っておいで、百年たてばその意味わかる

60年後、寺山さんの「母の歌」「斧の歌」、そして「父の歌」をもう一度しっかり読み解いてくれる人が現れることを期待して、わたしの、このアフタートーク、これにておひらき！　ありがとうございました。

２０２３年５月４日

伊藤　裕作

【執筆陣】

青池憲司●一九四一年、愛知県名古屋市生まれ。ドキュメンタリー映画監督。寺山修司が脚本を書いた映画『サード』で助監督。伊藤裕作制作のドキュメント映画『獅子が舞う 人が集う』で監督。近年は阪神大震災、東日本大震災の復興に関する作品が多い。

流山児祥●一九四七年十一月生まれ。役者・演出家、流山児★事務所主宰、一般社団法人日本演出者協会理事長。最新刊にアングラ・小劇場演劇55年史『敗れざる者たちの演劇志』（論創社）。

大橋信雅●一九四八年大阪生まれ。詩人、僧侶。仏教大学中退、早稲田大学（政経）卒業。早稲田詩人会に所属していた。著書に異色の映画論『ホトケの映画行路』（れんが書房新社）。

藤原龍一郎●一九五二年一月生まれ。歌人、俳人。歌誌「短歌人」編集委員。学生時代、早稲田短歌会に所属。近著に『抒情が目にしみる現代短歌の危機』（六花書林）『寺山修司の百首』（ふらんす堂）がある。

伊藤裕作●一九五〇年二月、三重県津市芸濃町生まれ。風俗ライター、歌人。寺山修司に憧れて入学した早稲田大学教育学部を七年かけて卒業。在学中は早稲田大学短歌会に所属し短歌を作る。のち法政大学大学院に入学し、修士論文『戦後の娼婦小説の系譜と寺山修司の娼婦観』を書く。歌集に『シャボン玉伝』（ブロンズ新社）』『心境短歌（わたくしたんか） 水、厳かに』（人間社）、ほかに人間社文庫「昭和の性文化」シリーズをプロデュースし、うち四冊が自身の著作。

【出版協力】

株式会社テラヤマ・ワールド（寺山偏陸●笹目浩之）

＊寺山修司没後40年記念認定事業〔出版〕

寺山修司《てらやましゅうじ》　母《はは》の歌《うた》、斧《おの》の歌《うた》、そして父《ちち》の歌《うた》

二〇二三年五月四日　第一刷発行

編著者　伊藤裕作
発行者　大幡正義
発行所　株式会社人間社
〒四六四-〇八五〇
名古屋市千種区今池一-六-一三　今池スタービル二階
電話　〇五二（七三一）二一二一
FAX　〇五二（七三一）二一二二
郵便振替〇〇八二〇-四-一五五四五
制　作　有限会社樹林舎
印刷所　モリモト印刷株式会社

ISBN978-4-908627-98-9 C0095
＊定価はカバーに表示してあります。
＊乱丁本・落丁本はお取り替えいたします。